JN049749
の言葉で話せ
Kokodewa
NEKO no Kotoba
de Hanase
Tatsuya Kurashiki
昏式龍也
Ill.塩かずのこ

猫を必要としている人間は
この世界に腐るほどいる。
そしてまた、猫嫌いを
自認する私自身も
その愚か者の一人だった。
そう——まったくもって
救いようがないことに、
私には猫が必要なのだ。
アンナ・グラツカヤ
×
通い猫ピロシキ
COUPLING CAT PIROSHIKI

松風小花 ♀
×
飼い猫・モーさん
COUPLING CAT・MO-SAN
「だってわたし、
子供のころから猫が大好き
だったんだもん。なら、
猫に似てるアーニャのことも
好きになるに
決まってるよねえ？」

「猫はみんな大好きよ。
でも一番好きなのは、
外で健気に生きている
野良猫かな」
久里子明良♀
×
野良猫ミケ子
COUPLING CAT MIKEKO

CONTENTS

Kokodewa NEKO no Kotoba de Hanase

プロローグ —— 011

Mission.1
ノーキャット・ノーライフ —— 022

Mission.2
猫カフェ突撃指令！ —— 062

Mission.3
雪の記憶 —— 102

Mission.4
小花日和 —— 144

Mission.5
《コーシカ》来襲！ —— 160

Mission.6
殺し屋と野良猫 —— 210

Mission.7
リターン・オブ・キラーマシーン —— 222

Mission.8
Re:ノーキャット・ノーライフ —— 286

エピローグ —— 326

Design 🐾 Yuko Mucadeya+Nao Fukushima[musicagographics]

ここでは猫の言葉で話せ
Kokodewa
NEKO no Kotoba
de Hanase
Tatsuya Kurashiki
昏式龍也
Ill.塩かずのこ

CHARACTER

Kokodewa NEKO no Kotoba de Hanase

アンナ・グラツカヤ

ロシアから転校してきた少女。
猫を命懸けで追う謎の使命を帯びている。

松《まつ》風《かぜ》小《こ》花《はな》

鳥羽杜女子高校の1年生。
猫ライフを満喫する猫好き少女。

久《く》里《り》子《す》明《あき》良《ら》

ドラッグストアの店員。イケメン美人で
地元の女子高生の憧れの的。

コーシカ

アンナにメールで猫ミッションの
指令を送る謎の存在。

プロローグ

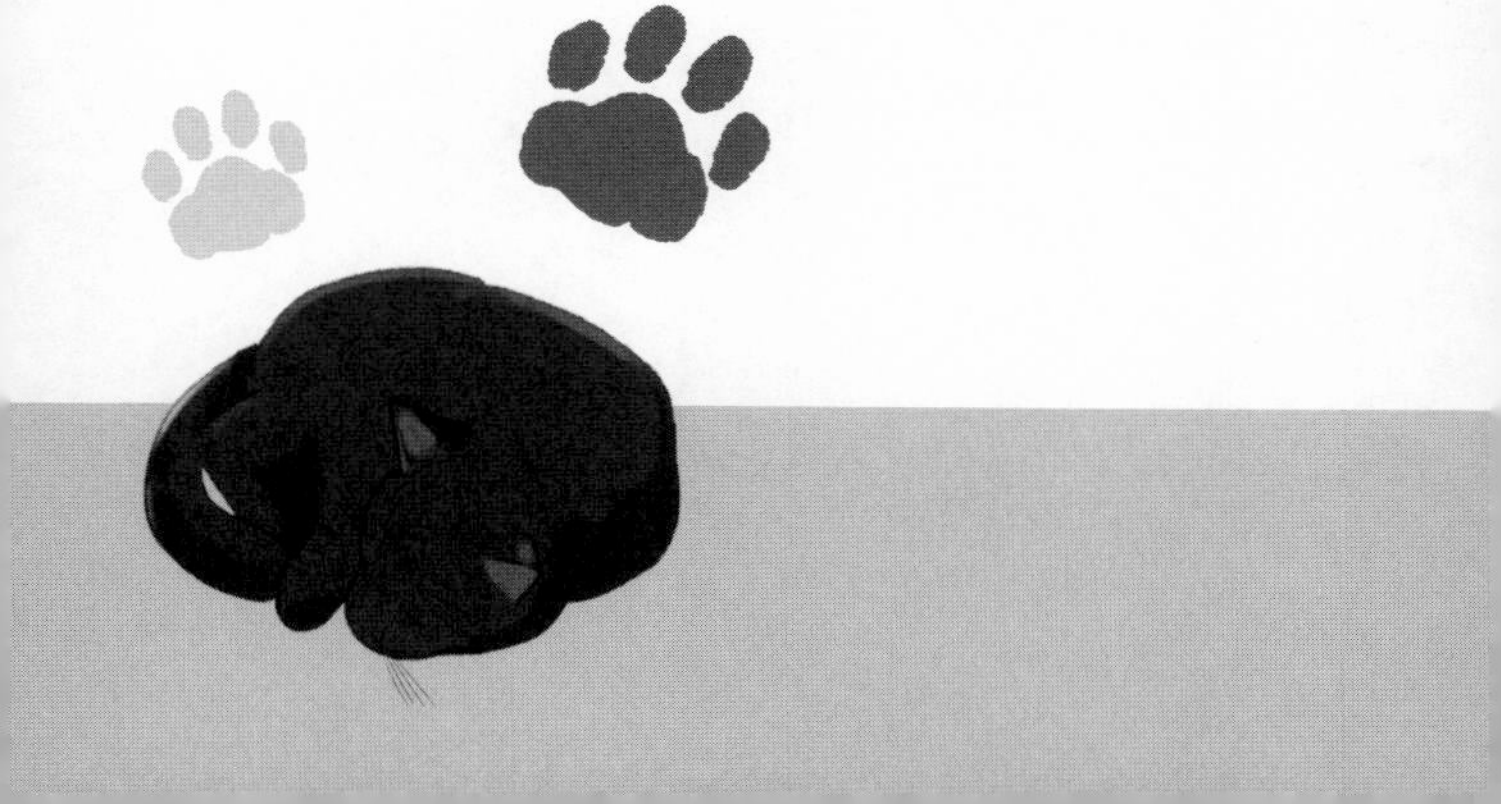

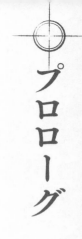

わたしは、猫が好きだ。


人がイメージする幸せを、ぎゅっと形にしたみたいなあのフォルムが好きだ。

ただ動いているだけで、何かしているだけで目が離せなくなる愛らしい仕草が好きだ。

遊びに夢中だったと思えば、ふと空を見上げて考えごとをしはじめるような自由さが好きだ。


わたしと猫の付き合いは長い。

生まれてからずっと家には猫がいて、その数は里親のやり取りなんかで増えていったり減ったりしながら、今では一二匹いる。

一六歳のわたしより長く生きている猫もいた。それが一七歳のモーさんだ。

人間の年齢に換算すると結構なおばあちゃんになる。モーという名前の由来は単純で、白い毛並みに黒のブチ模様が牛さんっぽいから。

「モーさん、病院疲れたねえ。帰ったらおやつ食べようねえ」

猫用のキャリーバッグを顔の高さまで持ち上げ、透明なプラスチックの窓から外を見ているモーさんに声をかけた。ずっしりとした重さを腕に感じる。

体重六キロのモーさんはわたしと目が合うと、大きな瞳でキョトンとまばたきをした。彼女の目の色は、皮をむいたぶどうの実そっくりな薄い黄緑をしている。

長生きしていれば病気も出てくるのは人間と同じで、健康診断の数値が悪かったモーさんはここしばらく病院通いが続いていた。今日も学校が終わった夕方から、かかりつけの動物病院へわたしが連れていった帰りになる。

「三月になったのに、風はまだまだ冷たいねえ」

キャリーバッグを胸の位置にかかえ、歩くたびにゆらゆら揺れるモーさんの顔に話しかける。病院からの帰り道はいつも、通学路と同じ河川敷の上に通った突堤《とってい》の道を使っていた。

日が沈んだばかりの空のてっぺんは、吸いこまれそうな濃いインディゴブルー。川向こうに広がる地平線のすぐ上の空には、赤みがかった金色の光がまだ残っていた。対岸の街並みはデコボコの暗いシルエットに沈んで、遠くから眺めると模型のジオラマみたいに小さく見える。

さえぎるものがなくだだっ広い河川敷を、冷たくて強い風が吹いていた。風の中には、焼けた枯れ草に似た夜の匂《にお》いがする。

突堤の道を通る人の姿は、わたしのほかに誰も見かけない。もう一時間ぐらい前までなら、帰宅する学生や買い物帰りの主婦たちも結構歩いていただろう。

今は夕方というには少しだけ遅く、夜のとばりが降りるにはやや早い不思議な時間帯だった。日はとっくに沈んだのに、夕映えの光だけが空と地上に取り残されている。

昼と夜とが入れ替わる、黄昏《たそがれ》どきに訪れるマジックアワー。

最後の残照が落ちる土手に人影を見たのは、そのときのことだった。

わたしのいる突堤《とってい》の上から二〇メートルぐらい離れた、前方の斜面上。最初に気づいたのは、わたしが着ているのと同じ制服のスカートだった。

次いで、わたしの目を惹《ひ》きつけたのは彼女の髪の色。

最初は金髪に見えたけれど、よく見るとそれは夕映えの色に染まっているからだとわかった。肩ぐらいまでの長さの、雪豹《ゆきひょう》の毛皮みたいに輝くアッシュシルバー。

（きれい――）

わたしは、その女の子の横顔に一瞬で魅了されてしまっていた。

とても整って完璧な目鼻立ち。冬の湖のように深い色をしたダークブルーの瞳。外国人だ。

わたしと同じ学校のようだけれど、あんな綺麗な外国人の子なんて見たことはない。少なくとも同じ一年生にはいなかったはずだから、上級生だろうか？

夕闇せまる土手に立つ彼女は、じっと自分の前方を見下ろしていた。

斜面の下、まるでそこに自分の敵がいるかのような鋭い視線で。

わたしは、その視線の先に何があるのかに目を向ける。

女の子から、五メートルほど離れた斜面の下。

そこには――

（え……？）

草の上にちょこんと座っている、一匹の野良猫がいた。

お腹のほうが白くて褐色と黒の縞《しま》模様が背中側にある、キジシロ柄の猫だ。

招き猫の置物みたいにお尻で立つポーズで前足をそろえ、斜面の上にいる女の子の顔を静かな目でじっと見上げている。

銀色の髪をした女の子は、その猫と真剣な表情で見つめ合っている……いや、にらみ合っているのだった。

（これ、どういう状況なんだろう？）

わたしは自然と足を止めて、薄暮の中で向かい合う女の子と野良猫の様子を見守っていた。

女の子の綺麗さと、命を懸《か》けたかのような真剣さに引き込まれたせいもあるだろう。でもそれ以上に、この状況の不思議さが気になっていた。

やや前傾姿勢になった彼女の身体《からだ》からは、かすかな緊張が感じられる。けれどそれは、解放を前にした溜《た》めの予備動作だとも伝わってきた。

スタートの瞬間を待つアスリートのような美しい緊張。それが、彼女の細い首のラインや膝《ひざ》の裏なんかに時々浮かび上がってはまた潜伏する。

——そして。

瞬間、世界からあらゆる音が消えた感覚。

わたしの全神経は、斜面の土を蹴《け》ってジャンプした女の子を追うことに集中していた。獲物に襲いかかるライオンめいて獰猛《どうもう》な攻撃性。天女《てんにょ》の舞いみたいに洗練された美しさ。その二つを小柄な肉体で表現しながら、彼女は信じられないようなスピードで土手の下へと翔《と》んだのだった。しかも、頭から。

そして、彼女が飛びかかる先にはキジシロ柄の猫がいた。

女の子は両手を大きく広げ、野良猫を抱きしめようとするかのように飛びかかったのだ。野球のヘッドスライディングかプロレスのボディアタックみたいな、決死の勢いで。

気迫に満ちた、その彼女の青い瞳が迫りくる中で……

んにゃっ

野良ちゃんは普通によけた。

そして一目散に土手を走って逃げていく。猫の走るスピードは時速五〇～六〇キロ。どんなメダル級のスプリンターよりも速い。しかも、静止した状態から一瞬で最高速に到達できる。

目標を失った女の子は、草の上に思いきり頭から突っこんだ。わたしは思わず、片手で目を覆ってしまう。

（うわっ、痛そう……大丈夫かなあ？）

自爆した女の子が心配だったけど、すぐに立ち上がったのでほっとひと安心。

彼女は、怒ったような（でも綺麗な）顔で猫の去った彼方《かなた》を見つめていた。そして服についた草や土をはらうと、たぶん外国語で何かつぶやきながら平然と歩き去っていったのだった。

一秒ごとに暗くなっていく日没後の河川敷に、小さな後ろ姿は溶けるように見えなくなっていく。

――もう一度、会えるかな――

彼女のことは何も知らない。けれど、わたしは確かにそう思っていたし望んでいた。

神様が造ったように美しくて、でもびっくりするほど奇妙でおかしな行動を見せる……わたしの愛するあの生き物にどこか似た、不思議な少女の面影《おもかげ》に。


翌日。

いつものように校門をくぐり、わたしは登校した。まだ蕾《つぼみ》を結んだ桜並木の下、同じ私立鳥《と》羽杜《ばもり》女子高校の制服を着た生徒たちが正面の昇降口へと流れていく。

わたしは靴箱で上履きに履き替え、一階の廊下を一年三組の教室へと向かった。

「おはよう！」

窓際から二列目の真ん中あたり。自分の机の周りにいるクラスメイトたちに挨拶《あいさつ》する。

「おはようコハっち。耳真っ赤～つめたっ」

「んにゃ～。くすぐったいよぉ」

外の空気で冷えているわたしの両耳たぶを、クラス一背の高い梅《うめ》ちゃんがムニムニとつまんでくる。隣の席で音楽を聞いていたエリが、ヘッドホンを外してこっちを向いた。

「小花《こはな》、知ってた？　今日、転校生がくるんだって」

「えーっ。知らないよお？」

朝からビッグニュースを聞かされ、わたしは驚く。

「もうすぐ期末試験で、それが終わったら春休みで進級だってのにさ。親の事情で急遽《きゅうきょ》決まった感じなのかな？」

「そうだよねえ。時期外れだよねえ」

エリの意見に相槌《あいづち》を打ちつつ、わたしは昨日からずっと気になっていることを二人に尋ねてみることにした。

「あ、それより聞いたことない？　うちの二年か三年に、外国人の――」

そう言ったとき。

閉まっていた教室の前の扉が開くと、担任の樋口《ひぐち》先生が入ってきた。いつものホームルームが始まるよりも少し早い。

そして、先生の後ろからは……

「あっ」

今まさに、わたしにとっての最大の関心そのものが入ってきたのだった。

「わ、すご」

「銀髪だー。てかガチの外国人？」

昨日、暮れなずむ河川敷の土手で猫と謎の対決を演じていた……あの不思議な女の子が。

こうして目の前で見る彼女は、意外なほど小柄だった。たぶん身長一五〇センチ未満。

昨日と同じく制服姿の彼女は、先生にうながされて黒板の前に立つ。

「みんな、聞いてちょうだい。今日からこのクラスの一員になる転入生を紹介するわね」

教室の空気はしんと静まり返っている。全員が女の子に注目していた。

魂を抜かれたようなため息が、あちこちで聞こえる。

そう、誰もがすでに気づいていたのだ。

「めちゃくちゃ顔が良い……」

「背もちっちゃいけど顔もちっちゃ……」

その女の子が、信じられないぐらいの美人さんだということに。

「それじゃ、自己紹介してくれる？」

先生の言葉に、女の子が小さな顎《あご》をこくりと動かす。

そして黒板のほうを向くと、チョークを手に取り名前を書きはじめた。

カカカカッという、機関銃みたいに硬くて速い音が鳴る。

深緑色のボードに走った白い文字は、英語のようでいてどこか違う言語のようだった。見たこともない形のアルファベット。

「はじめまして《オーチニ・プリヤートナ》」

女の子はこちらを振り返ると、一切その表情を変えないまま。

「アンナ・グラツカヤだ。ロシアからこの日本へやってきた。今日からよろしく頼む」

洋画の吹き替えのように流暢《りゅうちょう》な日本語で、洋画に出てくる軍人みたいな口調でそう名乗った。

それが、わたしと彼女の出会いだった。

Анна

Mission.1
ノーキャット・ノーライフ

私は、猫が嫌いだ。


自分が地球で最も優美な生物だと自覚しているかのような、あの澄まし顔が嫌いだ。

何の役にも立っていないくせに、まるで恥じることない尊大な振るまいが嫌いだ。

いつの間にか音もなく足下へ忍び寄ってくる、殺し屋じみた不気味な静けさが嫌いだ。


けれど、そんな猫を必要としている人間はこの世界に腐るほどいる。

そしてまた、猫嫌いを自認する私自身もその愚か者の一人だった。

そう——まったくもって救いようがないことに、私には猫が必要なのだ。


自己紹介を終えても、教室内の空気はざわめいたまま静まる様子がなかった。

無理もあるまい、と思う。多くの日本人にとって、銀髪碧眼《へきがん》のロシア人である私の存在は受け入れがたい異分子のはずだ。

私の知識にある限り、日本人とは集団の調和を重んじることを最大の美徳とする民族のはずだ。誰もがその調和を自分が乱すことを恐れて行動し、調和を乱す者に対しては排他的な反応を示すことが多いという。

この教室内のざわめきは、そうした調和に反する存在として私が認識されているということなのだろう。つまり、敵対的な反応だ。

だが、私としてはむしろ望ましい流れだった。

近づいてくる者がいなければ、それだけ日常的に行動の自由が確保される。こうしている今も私は命がけのミッションを遂行中《すいこうちゅう》であり、有事の際に思わぬ妨害が入るような事態は避けたいからだ。

だというのに——

「ねえねえ、ロシアってどんなところ？　やっぱり毎日クッソ寒いの？」
「お父さんは何してる人？」
「日本のアニメとか好き？」
「やばい、ここだけ空気成分が違う……これはもう観賞する栄養素だよ……」
「グラツカヤさん、兄妹とかいるの？　てかママも超絶美人そう〜」
「結婚を前提にお付き合いしてください」

最初の休み時間。私の周りには、大量のクラスメイトたちがひしめいていた。

窓際列の中央付近に割り当てられた、自分の席。私はそこから離脱することもできず、ひたすらな質問攻めにあっていた。どさくさまぎれで不穏な妄言《もうげん》をもらす輩《やから》までいるし。

これには困った。

同時に、日本人に関する別の知識に思い当たった。それは、島国であるがゆえに外国人が珍しいということだ。排他心がはたらく前に、まずは好奇心が上回ったという結果なのだろう。

要するにこれは、動物園の珍獣へ向けられた反応だ。

しかし、その獣が牙《きば》や毒を持つ可能性に対しての危機管理意識が感じられない。あたかも、自分たちは鉄格子の檻《おり》に守られているのだと慢心したかのように。

これはやはり、戦争のない平和な国に育った弊害《へいがい》なのだろう。ならば、意識の修正は速やかに行われてしかるべきだ。

「君たちに警告しておく」

視線を上げた私が口を開くと、小鳥のさえずりのようなおしゃべりが止まった。

「私は、外見の印象よりもはるかに危険な存在だ。不用意に近づけば、安全の保証はできない。適度な距離を置いて接することを推奨する」

今までの生活では、一六歳の小柄な少女という外見は擬態《ぎたい》として大いに役立ってきた。敵陣深くに潜入するとき。標的のすぐ近くまで接近するとき。任務を果たし、敵地から逃走するときにも。

だが今、私に課せられたミッションは誰かを殺すことではない。

それはこの平和な風景の一員として暮らしながら、有事の際に自らの命を守って生き延びることにあるのだから。そして、そのために私は手段を一切選ばないつもりだ。

任務の途上で何が起こるかわからない以上、無関係な彼女たちを巻きこむ危険はなるべく避けたい。そのため、誤解が生じる余地のないほどストレートな警告をしておく必要があった。

これで、どんな愚鈍《ぐどん》な人間にも伝わるはずだ。

アンナ・グラツカヤとは、およそ自分たちとどれほど相容《あいい》れぬ存在であるのかが。

そう確信した私の発言から、二秒ほどの間を置いて。


「か……カッケエエ～～！」

「なにそのイケメン台詞《せりふ》！　マジで映画のシーンみたいだったし！」

「これが伝説の『俺に触れたら火傷《やけど》するぜ』か。乙女ゲー以外で初めて聞いたわ……」

「あー今の録音しとけばよかった！　お願い、もう一回言って！」

「ギャップ萌え……ゴクリ」


一オクターブ跳ね上がった嬌声《きようせい》が爆発した。

嬌声は別の嬌声と音叉《おんさ》のように反響し合い、手のつけられない騒ぎへと膨れ上がっていく。

「な——」

想定外の事態に動揺することは死を招く。だが私は、これにはただ困惑するしかなかった。

この少女たちには、私の言葉の意味が伝わっていないのか？

いや、そんなはずはないだろう。私の日本語能力はほぼ完璧だと、日本を母方の祖国に持つユキからもお墨付《すみつ》きをもらっている。

「……今の言葉には警告の意図があったのだが、理解してはもらえなかったか？」

「え？　だから、きれいな花にはトゲがある的なアレでしょ？」

「そんなこと言われたら、よけい興味津々《きょうみしんしん》になっちゃうじゃん！」

どうやら彼女たちは、言葉の意味については理解している様子だった。にもかかわらず、話が通じていないのはどういうわけだ？

「つか、危険ってどういうこと？」

「爆発するとか？」

「ギャハハ！　ねーし！」

……なるほど、少しわかってきた。

事態はあくまで、私と彼女たちがそれぞれ属する環境の差異がもたらしたものだ。

私が警告した危険など、およそエンターテインメントの世界にしか存在しないものと彼女たちは認識しているのだろう。

「……私は決して、冗談や誇張で言っているわけではないのだが」

「またまた～。かわいすぎて萌え死ぬとかならわかるけどさー」

「そういやこないだ、親戚の四歳児にこんな感じのこと言われたわ。『きさまは三びょうごにしぬ』とか、そういうやつ」

「あるある～。子供ってアニメのセリフとかにすぐ影響されるよねー」

「なるほどー。それとおんなじで、覚えたてのかっこいい日本語を使ってみたくなった感じ？」

……なんということだ。

失敗に気づいたときには、すでに遅かった。私に対する彼女たちの態度は、まるで強がって背伸びする子供を愛《め》でるかのようになってしまっている。

「アンナって、ロシア語の愛称だとアーニャって言うんだって」

スマートフォンで調べたらしい誰かがそんなことを言うと、クラスメイトたちが口々に復唱しだした。

「なんか、ぴったりって感じでかわいい～。ねえ、グラツカヤさん。あたしたちも、あなたのことアーニャって呼んでいい？」

別の誰かが要求してきた。流れ自体はどうにも不本意だが、その名は呼ばれ慣れているし別にどうでもいい。

「好きにするがいい」

「もうね〜。言い方がいちいち男前！　抱かれたい！　いや抱っこしたい！」

「無責任に甘やかして、お小遣いあげたい！　おばあちゃんの気持ちが正直わかる！」

「連れて帰って神棚に飾りたい……」

さっきからどうも、不穏当な発言をする奴がまじっているな。

（まったく、この国の少女たちとは無邪気なものだ）

それともこれが、学校というもの特有の空気なのだろうか。正式に学校へ通うのは今日が初めてだということを、私は今さらのように思い出した。

ため息をつきつつ他愛《たわい》のない質問を一つずつ返していると、横顔にふと覚えのある視線を感じた。

そちらを向くと、隣の席に座った少女がこちらを見ている。

ふわふわと柔らかそうなセミロングの髪をした、ピンクの頰《ほお》がつやつやと輝く健康そうな女の子だ。見るからに穏やかで優しそうな目は、楽しげに細められている。

「また会ったな。同じクラスとは知らなかった」

昨日、河川敷の突堤《とってい》から私を見ていた少女。あのとき身につけていた制服から、同じ学校の生徒だとはわかっていたが。

「え？　まさか、わたしのこと気づいてくれてたの？」

私が確認の言葉を向けると、彼女は心底驚いたといったように目を丸くしていた。

「ちょっとちょっと。小花《こはな》ぁ、いつアーニャと知り合ってたのよ?」

「しかも、なんか運命の出会いっぽい感じだし……コハっちいいなー」

私たちに面識があるとわかるや、クラスメイトたちもまた一様に驚きの反応を示す。

「コハナというのか」

「うん。松風《まつかぜ》小花。よろしくね……えと、アーニャ」

一片の曇りもない笑みを咲かせ、小花は私の名を呼んだ。

その笑顔を見ていると、なぜか胸の奥に小さな痛みが生じるのを覚えた。反射的に目をそらしてしまう。

「ね、アーニャは猫が好きなの?」

私の反応を意にも介さず、小花は興味津々《きょうみしんしん》に質問してくる。

「昨日、土手で野良ちゃんと追いかけっこしてたもんねえ」

その言葉を聞くと、一瞬にして顔が熱くなってしまった。

思い出した羞恥《しゅうち》のせいだ。

そう、この小花には昨日のアレを……今すぐ記憶から消し去ってしまいたい、ぶざまな敗北の醜態《しゅうたい》を見られてしまっているのだった。無性に頭をかきむしりたくなる。

「あれアーニャ、なんか顔赤くなってない?」

「てゆうかこの上、猫好きとか! ちょっとアーニャさん、かわいさ要素が渋滞しすぎだよ~」

私は動揺を消し去ろうと、ひたすら精神を集中する。

「……いや、猫は好きじゃない。むしろ苦手だ」

「そうなの？　照れ隠ししなくてもいいんだよ？」

「本当だ。私は猫アレルギーなんだ」

事実を口にし訂正しようとするが、小花《こはな》の嬉《うれ》しげな笑みは変わらない。

「それはやっぱり、猫好きってことなんだよ。アーニャ」

なんだと？

この私が……よりによってあの生き物の愛好者だと、彼女はそう言っているのか？

私自身の運命、そして生死を握っている、あのやっかいでいまいましい存在を？

それは、あまりにも心外な誤解だった。

「猫アレルギーなのに猫と触れ合いたがるなんて、きっと何より好きだからなんじゃない？」

「ああ、だよねー。普通それ以外に理由ないもんね……ってことはアーニャって、とんだツンデレさんってことじゃん。ひひっ」

寒地凍原《ツンドラ》？　いや違う、会話の文脈からして気候の話題であるわけがない。

……確か、日本のサブカルチャー用語だったか。態度と内心が違うという意味だ。

「そうではない。私は本当に……くっ」

だが、抗弁しても堂々めぐりになるだけだろう。不本意ながら私は言葉を呑《の》みこむ。

私が猫を必要とするのは、そんな理由じゃないのに。

「……しかし、猫の敏捷《びんしょう》さがあそこまでとは思わなかった。あの速度に対し瞬間的に反応するには、発射される弾丸を回避するのに等しい精度の未来予測が必要だな……運動の発生を視認してから動いても、とうてい間に合うものではない」

内心の葛藤《かっとう》を振り切るように、つらつらと機械的に思考を吐き出す。

やや日常からかけ離れた表現になったとは思ったが、意外に同級生たちからのツッコミは入らない。むしろ、何かニコニコと生温かい目線で見守られているような雰囲気を感じた。

「そうだねえ。猫ちゃんはすばしこいもんねえ」

一方で小花の反応は、どこまでもマイペースなものだった。

「でも、追いかけっこしてもきりがないかなあ？　猫っていうのは、こっちが追いかけると延々逃げていくものだから。でも、こっちがじっとしてれば逆に寄ってきたりもするんだよ？」

「なんなのだ、その意味不明な生態は。磁石じゃあるまいし……それともまさか、東洋の妖怪まがいに心を読むとでも？」

首をひねる私に対し、小花はただ楽しげに笑っている。

「ううん。猫は人のことを怖がるけれど、それと同じぐらい人が大好きだからなんだよ」

そして、まるで謎かけのようなことを言うのだった。

やっぱり猫のことはわからない。むしろ、今の会話でさらに不可解さを増したような気がする。できることなら関わりたくないという思いが強い。
だが——それでもやはり、私には猫が必要なのだ。

昼休み。

私は小花《こはな》に校内の売店へ案内してもらい、パンを買って一緒に校庭のベンチで昼食をとった。

教室へ戻る途中で一階のトイレに立ち寄る。だが、すべての個室がふさがっていたので二階のトイレを利用することになった。

「やばっ、チャイム鳴っちゃった！　急ご、アーニャ」

昼休み終了のチャイムが響く中、急ぎ足で小花が二階から一階への階段を駆け下りる。

「あ！」

急いで走ったせいだろう。前をゆく小花の背中が、バランスを崩し前にのめるのが見えた。

階段を踏み外した彼女の身体《からだ》が、ふわりと虚空《こくう》へ投げ出される。

瞬間、私は迷わず動いていた。

小花の後ろから跳躍すると側面の壁を蹴《け》りつけ、三角跳びで彼女の落下位置へと先行する。

そして空中で、落ちてきた小花の身体を背中からキャッチ。階段の下まで、重力加速をともないながら飛び下りる。

私はみじんも空中姿勢を崩すことなく、一階の廊下への着地に成功した。

落下で生じた慣性を相殺《そうさい》するため、一メートルほど小花をかかえたまま滑走する。上履きの底がリノリウムの床とこすれ合い、キュキュッと鋭い音をたてて鳴った。

停止すると同時に、摩擦熱《まさつねつ》で焼けたゴムのにおいが鼻先に漂う。

その場にいた私以外の生徒全員が、あっけにとられたように言葉を奪われていた。急に静かになった廊下の空気に、チャイムの音がまだ鳴り続けている。

「……えーっ⁉　なに今の⁉」

「ふたりとも大丈夫⁉　てか、空飛んだよね今⁉」

「親方ぁ、空から女の子が降ってきましたぜ！」

「しかも、女の子が女の子をお姫様だっこしてやがるッ！　これは事件では⁉」

一番呆然《ぼうぜん》としているのは、私の腕に抱きかかえられている小花自身だった。

何が起こったのかわからないといったふうに、私の顔をじっと見上げている。

「……あ、あれえ？」

「怪我《けが》がなくて何よりだ」

私がうなずくと、状況を理解した小花の顔が真っ赤になった。

「あ……あああああっ⁉　ごめんねえ、アーニャ！　ありがとお……！」

そっと彼女の身体を下ろすと、小花はおそるおそる自分の足で床を踏む。その身体はまだ少しふらついていた。

「てゆうか、びっくりだよお。さっきの体育の時間も運動神経いいなと思ってたけど、今のはそんなレベルじゃないよねえ……？　わたしより小さいのに力持ちだし……」

小花《こはな》は興奮と驚きの余韻《よいん》に頰《ほお》を染めたまま、隣に立つ私を見ている。

「もしかしてアーニャ、ロシアで体操選手かなにかだったとか？」

「……そんなところだ。それより、急ごう。授業が始まる」

私の出自および来歴については、誰にも決して話すことができない事情がある。

小花の疑問を振り切るように、私は早足で廊下を教室へ向かった。

「あ……そうだ。ねえ、アーニャ」

思い出したかのように、隣を歩く小花が口を開く。

「わたし、重たくなかった？　最近ちょっと気にしてて……」

そして、恥ずかしげにそんなことを言った。

それはつまり、体重や肥満状態に懸念《けねん》があるということだろうか。

実際に感じた小花の体重は、およそ五〇キロ弱といったところ。一六〇センチ弱の身長に比して太ってはいないはずだが、そこは思春期の少女ならではの繊細な心理があるのだろう。

「大丈夫だ、問題ない」

果たしてどう答えるのが適切なのかを迷いつつ、私は無難にそう答えを返した。

「ほんとお？　なら良かったけど……はああ」

「ため息をついて、どうした？　怪我《けが》はなかったはずだが」

「まだ空を飛んでる気分だよお……だって、あんなの初めてだったんだもん」

私を見る小花の眼差《まなざ》しは、どこか夢うつつといったふうに潤んでいる。

「こんなの絶対、アーニャを好きになっちゃうやつだよねえ？」

好き――ふいに思ってもいなかった言葉を告げられ、そのせいか心肺に軽く異常が生じた。

脈拍が平常よりわずかに速くなってくる。

これは……いったい何に対する動揺だ？

「漫画とかだとそうじゃない？　もしアーニャが男の子だったら、わたしの運命の王子様だって思っちゃったかも。あははっ」

小花は、そんなことを言いながら屈託《くったく》なく笑っている。

天真爛漫《てんしんらんまん》なその笑顔を見て、私は少し落ち着きを取り戻した。そう、あくまで仮定の一般論にすぎない話だ。現実の私と彼女がどうこうという問題ではない。

それでも微妙に残る違和感を持て余しながら、私は彼女とともに教室へと戻ったのだった。

最後となる六限目の授業が終わり、放課後を告げるチャイムが鳴った。

教室内が解放感と帰り支度《じたく》のざわめきに包まれる中、クラスメイト二人が私の席までやってくる。

「ヘェイ、アーニャ。この町のガイドならオレたちにまかせな？」

「ぷはっ、なにそのキャラ意味不すぎ——でもマジで、遊ぶところとかまだ知らないでしょ？　よかったら、帰りに駅前とか色々案内してあげたいんだけど」

妙な小芝居でおちゃらけている一七五センチの長身は、梅田彩夏《うめださやか》。もう一人は、いつもヘッドホンをしていて明るい髪色の竹里絵里《たけさとえり》。今日一日の様子を見ていた限り、松風小花《まつかぜこはな》とは特に仲の良い二人のようだ。

やはり、危惧《きぐ》したとおりの事態になってしまった。まるで押し寄せる嵐のように抗《あらが》いようもなく、日本の少女たちのコミュニティに巻きこまれていく自分を感じる。

だが、今の私が彼女らの日常に加わることは難しい。私のこなすべきミッションは、いつなんどき発動するのかわからないのだ。

「せっかくだが……」

穏当な断り文句を考えようとしたとき。

どくん——と、心臓が不快な脈動を打った。

「あ……ッ」

それが合図だった。

身体《からだ》の隅々を、同時多発的に激しい痛みが襲ってくる。全身を苛《さいな》む痛覚に気が遠くなってきた。胸を殴りつけるような不整脈の連続に、冷たい汗が吹き出してきて止まらない。

「アーニャ?」

「大丈夫?　顔色悪いけど」

怪訝《けげん》そうに私を心配する二人に背を向け、私はただ全力で走り出していた。

驚いたクラスメイトたちの声を置き去りに、とぎれそうな意識を必死に保ちながら。

――ミッション・スタート。

教室を飛び出し、廊下にあふれる下校の人波をかいくぐり、校門から学園の外へと一直線に駆け抜けていく。

《家《ドーミク》》を抜け出した私をどこまでも追いかけてくる、自由に生きることを許さぬ死の呪い。

だが。私に課せられたミッションとは、この呪いに抗いながら生き抜くことだ。たとえ、どれだけの苦難を伴おうとも。

通学路を走りながら、私は一歩ごとに全身を襲う激痛に耐えてスマートフォンを操作する。

この日本での、私の唯一の協力者に状況を伝えるショートメッセージを送った。

Кошка『GPSで現在位置を確認しました。そこから最も猫との遭遇確率が高いスポット

は、河川敷の土手です』

無機質な《コーシカ》の返信が即座に返ってくる。

私は舌打ちを鳴らしたい気分だった。昨日の屈辱《くつじょく》を思い出したのだ。

Кошка『急いでください。ウィルスの発症から一〇分以内に対処しなければ、すべては手遅れになります』

続くメッセージが、私の背中を押した。

もはや、やるしかないのだ。

このミッションに失敗すれば、アンナ・グラツカヤの明日は永遠にやってこないのだから。

視界の前方に河川敷が見えてきた。私は突堤《とってい》の通学路を外れ、枯れ草が茂る土の斜面を滑るように駆け下りていく。

「ぐっ……どこだ、どこにいるっ、猫ぉおっ」

よろめく足を必死に奮い立たせ、草むらの陰に潜んだ野良猫を発見すべく目をこらす。

一キロメートル先を走る車を対物ライフルで狙撃するより、ずっとたやすい作業のはず。しかし痛覚に集中力を乱される今、猫特有の暗殺者のごとき静粛性《せいしゅくせい》は強敵だった。

「はぁ、はぁ……」

ついに呼吸機能の麻痺《まひ》が始まり、私は激しい酸欠にあえぐ。タイムリミットは近い。おそらく、残り数分足らずといったところ。

白く濁《にご》った視界の隅に、動く気配を察知したのはその瞬間だった。

のっそりと、茂みの奥から白と黒と褐色の毛玉が小さな姿を現す。

それは、よりによって昨日対決したばかりの野良猫だった。キジシロの柄模様の特徴も間違いなく一致する。

練習のつもりで挑んだ昨日は、触れることすらできずに完敗を喫《きっ》した相手。

その強敵に、今の私は手負いの状態で勝たなければならないのだ。

やれるのかという自問自答を振り切って、私は全神経を前方の猫に集中した。

そんなもの、やるに決まっている。やれなければ、ここで失敗して死ぬしかないのだ。

「……くっ」

だが。猫と向かい合った瞬間に脚の筋肉が萎《な》えた。体重を支える力さえ失った私は、その場に倒れこんでしまう。

まだ、まだだ……と、薄れゆく意識をつなぎ止めながら震える手を必死に伸ばす。

草の上に突っ伏して死にかけている私を、猫は奇妙なものを眺めるように見下ろしていた。

小さな山のごとく動かないその姿は、残酷なほどに冷淡だった。偉大な神に矮小《わいしょう》な人間の苦しみがわからないように、猫と私の間には決して超えられない距離が存在している。
（もう、だめ……なのか？）
一秒ごとに力が失われていく中……

——猫は人のことを怖がるけれど、それと同じぐらい人が大好きだからなんだよ。

ふいに脳裏へ蘇《よみがえ》った声。
それに導かれるように、私はすべての動きを止めた。
自ら目を閉ざし、呼吸さえ極限までに抑えていく。
限りなく死体に近い状態へと、本物の死が迫る一歩手前で擬態《ぎたい》する。
果たして……

（山が……動いた！）

草を踏む、ほんの小さな擦《こす》れ音を研ぎ澄ませた聴覚が拾っていた。
クリームパンのようにふっくらしたその前足を踏み出し、野良猫が動かなくなった私へと近づいてきているのだ。ゆっくり、ぽてぽて、一歩ずつ。

そう――追いかけても距離が縮まらないのなら、向こうから距離を縮めさせればいい。

（四メートル……三メートル半……三メートル……まだまだ、まだまだっ）

一秒ごとに弱々しくなっていく、心臓の鼓動。本能が訴える死の恐怖を意思の力でねじ伏せ、私は動かないことに全力を集中した。

（二メートル半……二メートル……一メートル半……一メートル……）

確実にこちらへ近づいてくる、かさかさという下草の鳴る音。
夕暮れの風が強くなっていた。その中で、かすかな鼻呼吸の音がすぐ耳元に聴こえてくる。
ふんふんふん。すんすんすん。
くんくんくん。ふんふんふん。
猫が私の頬《ほお》のあたりに鼻先を近づけ、しきりににおいをかいできていた。

（――――今ッッ!!）

硬いヒゲが顔に当たるこそばゆさを感じた、まさにその瞬間。

私は残ったわずかな力を、背筋と両腕に集めながら跳ね起きた。

完全に不意を衝《つ》かれた猫は、まん丸に両目を見開き固まっている。

猫は確かに比類なき高速の機動力を誇っているが、こうした瞬間的な判断力に弱点があった。素早いはずの猫が道路で車に轢《ひ》かれてしまったりするのも、それゆえのことだ。

思いきり抱きすくめた両腕の中に、信じられないほどやわらかい猫の弾力がどゅるるん、、、っとあふれかえった。


裏切り防止のため《家《ドーミク》》によって全ての《家族《スイミヤー》》に注入された自殺プログラム・ウィルス《血に潜みし戒めの誓約《クローフィ・クリヤートヴァ》》は、定期的な抑制剤の投与によってのみその発症を抑えられている。

ウィルスの潜伏期間は二日から一週間程度と幅が大きく、規則性がない。一度発症した場合、蛋白質分解酵素《たんぱくしつぶんかいこうそ》であるイニシエイター・カスパーゼを細胞内に大量増殖させ、カスケード反応により宿主の生体活動を連鎖的に停止させていく働きを持つ。

宿主は約一〇分間にわたり、全身に蔓延《まんえん》する激しい苦痛と倦怠感《けんたいかん》に襲われ、徐々に身体《からだ》の機能が低下。最終的に心肺停止状態となり死亡する。

一度体内に注入された《血に潜みし戒めの誓約《クローフィ・クリヤートヴァ》》を根絶する特効薬や治療法は存在せず、

《家《ドーミク》》が組織的に管理する抑制剤の投与以外に予防・鎮静《ちんせい》の効果はないとされている。

ただし私は独自研究の末に、一時的ながら抑制剤以外に発症したウィルスへの鎮静効果を持つ現象を発見した。

それが、猫のアレルゲン物質との接触で起きるアレルギー反応による免疫系の活性化である。

――ユキ・ペトリーシェヴァによる研究記録

「はくしゅんッ!!」

鼻の奥からこみ上げてきた猛烈《もうれつ》な痒《かゆ》みで、私は身体《からだ》が跳ねるほど大きなくしゃみをする。

その拍子に、腕のホールドが緩まった。そこに捕まえられていた白と褐色の毛だらけ軟体動物が、猛烈な勢いでスピンしながら脱出。ついでとばかりに、私のみぞおちを思いきり後足で蹴《け》っていった。

「ごふっ!?」

強烈な猫キックの衝撃に息を詰まらせた私は、その場に尻もちをつく。そして、夕闇せまる河川敷を一目散に逃げていく野良猫の後ろ姿を見送った。

何はともあれ、今はどうにか――

「生き延びた……か」

アレルギーの痒みと鼻水にさいなまれながら、それでも私はこの手につかみ取った生命の実感を噛《か》みしめていた。心臓は力強い鼓動を取り戻し、全身の痛みも消えている。

安堵《あんど》と疲労に力が抜け、仰向《あおむ》けに背中から草地に倒れた。視界一面に、インディゴブルーの広い空が落ちてくる。

――きっと猫が、君の失ったものを取り戻してくれるだろう。

ユキから最後に聞いたその言葉が、宵《よい》の明星《みょうじょう》のまたたきに重なりながら浮かび上がる。

あのとき彼女は、どんなことを私に伝えようとしていたのだろう。永遠に解けない謎のように、私はずっとその意味を考え続けている。

しばらくそうやって、少しずつ消えていく天の光を見上げながら地球の自転を感じようとしていた。

やがて黄昏《たそがれ》に吹く静かな風に、こちらへ近づく足音が混ざりはじめる。猫のものより大きい。

そちらに顔を向けると、やってきたのは私と同じ制服を着た少女だった。

松風《まつかぜ》小花《こはな》。急いできたのか息が荒く、頰《ほお》がいつも以上のピンク色に染まっている。

「……アーニャ大丈夫？　顔色変えて飛び出していったから、みんな心配してたよ？」

そういう小花《こはな》自身もまた、私のことを案じてくれている様子が伝わってきた。

「よいしょ」

小花は私の横までくると、膝《ひざ》を曲げてしゃがみこんだ。

「はい。かばんも机に置きっぱだったから」

そして、草の上に私の通学バッグを置いて微笑《ほほえ》む。

「わざわざ持ってきてくれたのか。すまない」

腹筋の力で起き上がった私の顔を見て、小花はきょとんとした表情を浮かべている。そして、自分のかばんからポケットティッシュを取り出した。

「ハナたれちゃってるよ？　あははは、美人さんが台無しだあ」

「……借りるぞ」

気まずさを覚えながら数枚のティッシュを引き出すと、やけくそで思いきり音を立ててハナをかむ。

「そっか、アーニャは猫アレルギーなんだもんねえ。でも、やっと昨日の猫ちゃんに触れたみたいでよかったねえ」

鼻孔《びこう》の通りがすっきりした私を、小花は微笑ましげに眺めていた。

「礼を言う。おかげで助かった」

「いいよお、別に。ティッシュぐらいで大げさだなあ」

小花はそう言ってけらけら笑うが、私が礼を言いたかったのはそのことじゃなかった。死が迫った土壇場で、もし小花の言葉を思い出していなければ私はここで死体になっていただろう。友《ユキ》と交わした約束を果たせないまま。

河川敷は、もう数メートル先も見えないほどの宵闇《よいやみ》に覆われていた。その中で、隣を歩く小花の横顔がほのかに蒼《あお》く浮かび上がっている。

平和な国に暮らす少女の、屈託《くったく》のない真っ白な善意。

まだ慣れないそのくすぐったさを持て余しながら、私は柔らかい草地の斜面を登っていった。

それから小花とともに、私鉄沿線の駅前まで七、八分ほどの距離を歩いていった。

北口にバスターミナルとロータリー、南口に商店街のアーケードがある駅周辺は、この町では最もにぎやかな一帯だ。

さっきの礼がてら彼女に付き合う形で、私はアーケードにテナントしたドラッグストアの店内に入った。

「何か買い物でも？」

「うん。うちの猫たちのごはんだよ。今朝、お母さんに買い置きぶんを頼まれてたんだ」

そう言いながらペットフードのコーナーへ行くと、小花はキャットフードの袋を手に取り買い物かごへ入れていった。

同じものをもうひとつ。そしてまたひとつ。さらに追加でもうひとつ。

「そんなに買うのか⁉」

「うん。なにせ一二匹ぶんのごはんだからねえ」

小花《こはな》はさらりと言ったが、冷静に考えるとなかなかすごい頭数だ。猫でサッカーのチームを作ってもまだ余る。

買い物かごの中に入れたフードの中に、ひとつだけ種類が違うものがあるのに気づいた。ラベルには「高齢猫用」と記されている。

「それは、おばあちゃん猫のモーさんが食べるやつ。なんかねえ、健康に配慮して塩分とか栄養成分が色々違うんだって」

私が興味を示したのを察したか、小花がそう説明する。

「猫って、年とるとどうしても腎臓が悪くなっちゃうんだよね」

それまで快活に話していた小花の表情が、そう言ったときだけかすかに曇ったように見えた。

小花とは出会ったばかりだが、今日一日で見た中では笑顔の印象ばかりが残っている。そんな中でふいに見せられた憂《うれ》い顔のギャップに、私の意識はつい引き寄せられてしまう。

妙な落ち着かなさをごまかすように、アイボリーを基調とした明るい店内を見渡した。

「栄えた駅前だけあって、我が校の生徒も多く利用するようだな」

店内には、私や小花と同じ鳥羽杜《とばもり》女子高校の制服を着た少女たちの姿が目立った。下校時間ということを考えても、やけに多い気がする。

「うふふ、立地《それ》もあるけどねえ。ほんとは、別の理由があるんだよ」

とっておきの秘密を打ち明けるように、小花がいたずらっぽく含み笑いをもらす。

「ほら、一番奥のレジ見て？」

そして、入口側をそっと指さす。全面ガラス張りの壁に沿って、レジカウンターが並んでいる。全部で四つ。

一番奥のレジカウンターでは、二〇代半ばと思《おぼ》しき女性店員が笑顔で接客をしていた。

最初に目についたのは、すらりと伸びた背の高さ。一七二、三センチはあるだろうか。

しかも八頭身のプロポーション。スレンダーで真《ま》っ直《す》ぐな立ち姿は、ファッションモデルやバレーボール選手のようだ。

そして、睫毛《まつげ》の長いはっきりした目鼻立ちの美形だった。ウェットなアレンジがされた前髪はしどけなく目元にかかり、クールでミステリアスな雰囲気を醸《かも》し出している。

遠くからでも人の目を惹《ひ》く、強い印象を放っていた。『さくらドラッグ』と店のロゴがデカデカと入ったエプロンさえ、ファッションの一部に見えてしまうほどの華がある。

「アーニャとはまた違うタイプだけど、すごいイケメン美人さんでしょお？　久里子明良《くりすあきら》さん。鳥羽杜女子《トバジョ》のアイドルなんだ。みんな、あの店員さんがお目当てで通ってるの」

小花《こはな》がそっと顔を寄せてきて、耳元でささやく。

確かに小花の言うとおり、彼女の立つレジの前には我が校の女子生徒が列を成して並んでいた。それも全員が、とろけるような熱い眼差《まなざ》しを浮かべたまま。

そして本当に必要なのかどうかも怪しげな商品を会計し、そのおりに何事かの会話を交わしては嬉《うれ》しそうに帰っていく。

見ていると、その様子はまるで有名人の握手会か何かのようだ。アイドルという表現にもうなずけるものがある。

小花もまた、その例外ではないようだ。ちゃっかりとあの店員のレジに並び、きらきらした表情で楽しげに談笑している。

「アーニャ、お待たせえ。はぁ〜、今日も推しが美人で尊いなあ」

ドラッグストアの手さげのポリ袋を手に、小花が小走りで戻ってきた。その顔はつやつやと輝き、見るからに浮かれている様子が伝わってくる。

「なるほど、アイドルか――」

何気なくもらしたつぶやきが、途中で止まる。

小花の背後に、そこにいるはずのない人間が立っていたからだ。いきなり目の前に亡霊が現れたような驚きで、ぞっと寒気が背筋を這《は》い登ってくる。

「小花ちゃん、毎度どうも。いつもたくさん買っていってくれてありがとうね。さっそく在庫を補充しなくちゃ」

にこやかに微笑《ほほえ》む女性店員——久里子明良《くりすあきら》が声をかけると、気づいた小花が振り向く。

「あはは。うちの子たち、みんな食いしんぼうですからねえ」

「そちらの子は、新しいお友達？　今日初めてお見かけするけど」

明良の涼しげな瞳が私を映した。

「あ、今日からうちのクラスに入った転校生なんです。ロシアからきた、アンナ・グラツカヤさん。もう人気者で、みんなアーニャ、アーニャって呼んでます」

「へえ、ロシアから？」

明良の視線は、強い興味を示したのかずっと私から外れない。

なごやかな会話の横で、私は強い違和感と緊張を胸に抱え続けていた——明良に対しての。

自分の周囲にいるすべての人間の動向を、私は常に意識の片隅で観測し把握《はあく》している。

それは、物心ついてからの日常的な訓練で身についた習性だった。そのため、いつ誰が予測外の行動を起こしたとしても冷静に対処ができる。

だが……

（この女……いったい、いつからそこにいた？）

小花の会計を終えたあと、五メートルほど離れたレジからここまで。明良がいつその距離を移動したのか、私には一切その気配を感知できなかったのだ。

理由には二つの可能性が考えられる。

ひとつは、私が無意識に油断し気を抜いていたということ。

そしてもうひとつ。この女が、自分の気配を周囲に隠す動きを日常的にしている——ということ。

どちらなのかは判然としない。だが、後者の可能性は普通に考えた場合はありえないだろう。ここは戦争のない平和な国だ。そこで日常を過ごす一般市民が、そんな暗殺者まがいの習性を持っているはずなどないのだから。

「よろしくね、アーニャちゃん」

明良《あきら》がにっこりと笑い、私の名を呼ぶ。

誰もが見とれるほど爽《さわ》やかな笑顔だったが、私の胸にはまだ冷えた緊張感が居座っていた。

しかし、それを面《おもて》には出さずに視線を返す。

「パートタイムで勤務している、久里子《くりす》明良です。お店ともども、今後ごひいきにしてくれたら嬉《うれ》しいな」

「よろしく、アキラ」

明良の長身を見上げ、私は返礼とともにうなずいた。

表面上は穏やかに挨拶《あいさつ》を交わした私たちを、小花《こはな》が妙にきらきらとした眼差《まなざ》しで見つめている。

化粧品
くすり
電子マネー
ご利用頂けます

「はあ、絵になるなあ……。ふたりとも顔が良すぎるよお……」

「……小花《こはな》？」

そして何やら、しきりに切なげなため息をつきはじめた小花。その反応に不審を感じていると、いつの間にか周りに人が集まってきていた。全員、我が校の女生徒たちだ。

「うそ、やば。誰あの銀髪のかわいい子？　鳥羽杜女子《トバジヨ》の制服着てるじゃん」

「知らないの？　噂のロシアからきた転校生だよ。ほら一年三組の」

「わ～。ちっちゃくてお人形さんみたい……」

「明良《あきら》さんと並ぶと超美人姉妹って感じ！　スリーショット撮ってもらっちゃおっかな」

気がつけば、今日の学校でのような状態になっていた。

これはまずい。まったく、この国民の外国人好きは度しがたいにも程があるだろう。

だが警告しても逆効果となってしまうのは、すでに学習している。有効でないとわかっている戦術を選択するのは、愚策でしかあるまい。

となれば、ここは……

「では小花。明日また、学校で会おう！」

戦略的撤退。すなわち逃げの一手だ。

別れの挨拶《あいさつ》を小花に告げるや、私は機敏に人ごみをすり抜け離脱を開始。

そして置き去りにした彼女たちが反応するよりも早く、ドラッグストアの店内を後にした。

駅前から五分ほど歩くと、周囲の景観は落ち着いた雰囲気の住宅地に変わってきた。似たような造りの、新しめな一軒家にアパートやマンション。

藍色《あいいろ》の夜に沈んだ公園で遊ぶ子供たちの姿は、もう見えない。

川に沿っているため有機的に曲がった道が多い街並みを進むと、水量の少ない河川に架けられたコンクリートの橋を渡る。

国道にぶつかると、信号を渡ってその脇の路地を抜け一ブロック奥へ。

そこに見えた新築の五階建てマンションが、この町での私の住居だ。オートロックの自動ドアをくぐり、明るいエントランスに入る。

私はエレベーターには乗らず、階段で二階へ。そして廊下を歩き自分の部屋へと向かった。

ドアの前で、ペン型のキーホルダーにぶら下げた部屋の鍵《かぎ》を取り出す。キーホルダーはタングステン合金製で重みがあり、即座に武器としても使えるようになっていた。

鍵穴に差しこんだ鍵をひねると、独房の扉を開けるような無機質で冷たい音が響く。

左右の眼球が機械的に動き、廊下の隅々までを一瞬で走査。追跡者および待ち伏せの気配はなし。安全を確認すると、私は素早く玄関内に身を滑りこませた。

ドアを閉めると同時に施錠《せじょう》し、私は真っ暗なダイニングキッチンに入る。感覚でそこにあると知っている、照明のスイッチに手を伸ばした。

ぱちんという乾いた音。蛍光灯の光に浮かび上がったのは、何もない白い部屋の風景だった。まるで、《家《ドーミク》》にいたころと同じような。

「ふう……」

未体験ゆえの、何とも言えない精神的な疲れ。それがため息になって流れ出た。

何はともあれ転校初日はこうして終わり、日本へきてから最初のミッションを生き延びることもできた。

制服を脱ぎ捨てるとシャワーを浴び、はき替えた下着にサイズオーバー気味のTシャツだけを羽織る。それから、この部屋にある数少ない家具である冷蔵庫のドアを開けた。

中身は、まだエナジードリンクの缶だけしか入っていない。詰めこまれたアルミ缶の列から一本を抜き取ると、プロテインバーをかじりつつドリンクの中身で流しこむ。

必要なカロリーと栄養素を摂取する目的以外に、私は食事に意義を見出《みいだ》すことができない。

もっともおせっかいな級友に囲まれた学校ではそういうわけにもいかず、コンビニエンスストアか学校の購買を利用することになりそうだが。

簡素な晩餐《ばんさん》を済ますとフローリングの床に尻をつけてあぐらをかき、スマートフォンを操作する。

日本での協力者である《コーシカ》。暗号名だけで顔も素性《すじょう》も知らない相手に、今日一日の顚末《てんまつ》を記した報告書《レポート》をメッセージで送る。

Кошка『状況報告を受け取りました。結果として無事でしたが、その同級生の少女との会話がなければ終わっていたでしょう。話を聞く限り、彼女は猫に関するエキスパートと呼んでも支障がないようです。よって今後、猫に関する知識収集の観点から、その少女と積極的に付き合い親密になっていくことを推奨します』

コーシカからの指示を確認しつつ、さっき別れたばかりの小花《こはな》の顔を思い浮かべる。

彼女自身が猫を飼っているという環境。それに加え、猫という存在に対して持っている独特の洞察や哲学。それは確かに、今後の私にとっても有益に働くのかもしれない。

しかし、私と小花では生きてきた世界が違いすぎる。

あの屈託《くったく》のない明るさや一片の曇りもない善性は、私にとってはあまりに不慣れで遠く感じるものだった。

今まで生きてきた一六年の人生で、私が友と呼べる相手はユキひとりだけだ。そして、ユキは私と同じ世界に属する人間だった。

だからこそお互いを理解する接点が存在したのだが、そうでない小花とはどうやって友達になればいいのかがわからない。

先行きは不安でしかなかった。

Кошка『アーニャ。あなたはこれからも、望むと望まざるとにかかわらず猫との接触を日常とする毎日を送っていかねばなりません。猫好きではないあなたにとっては、様々な苦労が伴うことでしょう。しかし、我々にはユキから受け継いだ研究データがあります。どれだけ困難であろうとも、いずれは《血に潜みし戒めの誓約《クローフィ・クリャートヴァ》》を完全に駆除するワクチン開発の実現を目標としています。それまで、あなたには被検体として生き延びてもらわなければなりません。それがあなたの果たすべき使命と考えてください』

コーシカからの指示を受け取ると、私は通信を終えスマートフォンをしまった。

壁に背中を預けると、視線は自然と白い天井を向く。

心は奇妙な落ち着きに支配されていた。明日の命さえ私には保証されていないというのに、どこか他人事《ひとごと》のようにさえ感じられる。

その実感のなさはきっと、隣にユキがいないせいなのだろう。

本来、この日々を――《家《ドーミク》》から解き放たれた『自由』を生きたがっていた彼女が。

この手を彼女に引かれ、つないだその温もりだけを頼りに歩きだした矢先。ユキは私の前から、永遠にいなくなってしまった。

後に残されたのは、望んでもいなかった『自由』を押しつけられた私ひとり。

ユキが見たかったはずの景色、感じたかったはずの未来。

ただそれを一方的に託されたまま、彼女とふたりで歩くはずだった見知らぬ世界に生きている。その結果、待っていたのはひとりで猫を追いかけ続ける毎日。

身体的にも精神的にも、私はあの生き物のことが苦手だ。けれど、望んでいなかったこの自由は私にその苦手を日々しいてくる。どうしてこうなったのかと考えこんでしまうのは、無理もないことではないだろうか。


（きみは私を、どんな景色へ導きたかったというんだ？　教えてくれ、ユキ――）


答えのない問いをもてあそびながら、私はベッドでその日の眠りにつく。

明日もまた待っているだろう、猫を追いかける苦労の数々を思い浮かべながら。

意識が夢へと溶ける前、夜のどこかで猫が鳴いたような気がした。

Mission.2
猫カフェ突撃指令！

松ねこ亭

どんなときでも、アンナ・グラツカヤは乾いていた。

私が《家《ドーミク》》の仕事を務める上でいつも気にかけていたのは、自身の内面の湿度だった。

なぜなら、私は常に自分自身を機械化させる必要があったから。決して誤差を起こさぬ正確な時計のように。

精密機械が水分で錆《さ》びてしまうのと同じく、湿度の高い感情は自分自身を操作する上でマイナスの影響しか及ぼさない。

だからこそ、私は自分の中から湿った要素を意識して排除してきた。

命の取捨選択の局面で突きつけられる、非合理的な良心の葛藤《かっとう》。隙《すき》あらば忍びこもうとする、感傷という名の脆弱性《ぜいじゃくせい》。

そういった愚にもつかない湿り気で、機械としての自分を錆びつかせることのないように。

望んだ瞬間この心身がベストのパフォーマンスを発揮できなければ、待っているものは任務の失敗——そして死だけなのだから。

私が一三歳になった年の一〇月のことだった。

ロシア連邦の大都市であるエカテリンブルグのスラム街で、私は極度の栄養失調状態に陥っていた。入浴も一週間以上しておらず、髪や衣服は汚れ悪臭を放っていた。

そんなある日。空腹をかかえ路傍に座りこんでいた私の前に、一台のリムジンがブレーキ音を立てて停車した。

車に乗っていた初老の男は、エカテリンブルグの暗黒街で権勢を振るうマフィアの顔役。男は紳士然とした笑顔で私に話しかけ、身寄りがなければ世話をしようと手を差し伸べてきた。私は感謝の涙を流しながら、肥え太った醜《みにく》いその手にすがりつき——以上、すべては事前の計画どおりに運んだ予定調和劇である。

その男の暗殺が私の任務であること。男が小児性愛《ペドフィリア》の快楽殺人者で、過去何人もの少女を毒《どく》牙《が》にかけてきたこと。すべてを計算し、私は適切なプランを練った。

五日間あらゆる食事を断って自らを衰弱させ、本物の浮浪者から衣服を調達。行き場のない、そして後腐れなく蹂躙《じゅうりん》できる哀れな獲物としての役作りを行った上で、私は男に接近したのだ。

男の住む豪邸の警備は、厳重だった。たとえ軍隊が攻めてきても対抗できるほどの兵力を備え、外部からの正攻法ではとても標的までたどり着けはしなかっただろう。

私は豪勢な食事を与えられたあとで入浴とおめかしをさせられ、その夜に男の寝室へと呼び出された。

ドレスで着飾った私を前に本性をむき出した男を、私は三秒で死体に変えた。

プレゼントされた靴の踵《かかと》の尖《とが》ったピンヒールで、足の甲の痛点を踏み抜いた。悲鳴を上げてうずくまる顔面に靴底を叩《たた》きこんだ。ピンヒールが左の眼窩《がんか》を脳まで貫通。してきた悪行の報《むく》いと呼ぶにはあっさりと、男は地獄へ直行した。

事前に人払いがされて誰も寄りつかない寝室から私は立ち去り、何の苦労もなく屋敷を抜け出し帰還の途についた。

待機中の連絡員に拾われた私は、用意された逃走用の飛行機で《家》《ドーミク》へと帰還した。

そして自分の《子供部屋》《ディエーツカヤ》に帰ると、いつものようにパソコンを立ち上げる。そして、オンラインのゲームに接続した。

そこではユキが待っている。ユキとはこのゲームの中で、アバターと音声チャットを通じていつでも会話ができた。ユキと話したあとはいつも、私の中に溜《た》まっていた湿度が下がって快適に乾いた自分になれる。

『やあアーニャ、お帰り。今度も見事な仕事ぶりだったようだね』

『ただいま、ユキ』

その日もいつもと同様に、ユキと他愛《たわい》もない雑談を交わした。

そしてふと、今まで訊《き》かれたこともない質問をされたのだった。

『ところでアーニャ、猫は好きかい？』

アラーム音で目が覚めた。

枕元で振動するスマートフォンの画面を指でスライドし、スヌーズを解除。同時に日付表示を見て、今日が土曜日だということを悟った。

この国へやってきて、最初に迎えた週末。

「そうか……土曜は学校が休みだったか」

壁際にハンガーで吊《つ》るされた制服を見る。今日はあれに着替える必要はないということだ。

私はベッドから身を起こし、入念なヨガとストレッチで全身の筋肉と腱《けん》をほぐしていった。二〇分ほど行うと、大量の汗が吹き出してくる。それから格闘術の打ち込み稽古《げいこ》に移行。終わったあとでシャワーを浴びると、濡《ぬ》れた身体《からだ》を拭《ふ》いて新しい下着をはき、乾いたサイズオーバーのTシャツを頭からかぶった。

それから朝食。冷蔵庫から五〇〇ミリリットルの牛乳一パック、オレンジ一個、バナナ一本、卵二個、納豆一パック、ビタミン剤を目分量、生の牛肉二〇〇グラムを取り出す。

それらを全部ミキサーのタンブラーにぶちこむと、スイッチを入れた。

できあがったのは、濁《にご》った茶色っぽいピンクの液体。タンブラーの取っ手をつかむと、腰に手を当てて中身を飲み干した。味はよくわからなかったが、栄養価の問題はないはずだ。

そのタイミングを見計らったかのように、スマートフォンがメッセージの着信を報《しら》せた。

Кошка『おはようございます、アーニャ。今日は陽射しの暖かな良い天気ですね』

《コーシカ》からの連絡だ。

私はカーテンを開けた。サッシ窓の向こうには、見事に晴れ渡った青空が広がっている。

《コーシカ》は同じこの町の住人だとは事前に聞いていたが、どうやら本当のことのようだ。

Кошка『今日はアーニャに行ってもらいたい所があります。この町で日常的に確保すべき猫スポットとして、外すことのできない場所だと言えるでしょう』

表示される《コーシカ》のメッセージ。その中に、私はふと見慣れない単語を見つけていた。

Кошка『それは、この地域で営業している唯一の猫カフェ「松ねこ亭」です』

「猫カフェ……だと?」

一瞬、コーヒーカップを片手にくつろぐ猫の姿がイメージに浮かんだ。しかし、おそらくそういうことではないのだろう。

ブラウザで猫カフェなるものを検索する。

どうやら、店内にたくさんの猫を放し飼いにした喫茶店というようなものらしい。コーヒーを飲むのは猫ではなく人間のほうであるようだ。

なぜそんなものがこの世に存在するのか、私には理解しづらいものがあった。

あんなにも落ち着きがなく、次の瞬間に何をやらかすかわからない生物が、自由きままに闊《かっ》歩《ぽ》するような店内。想像しただけですさまじく居心地が悪くなってくる。

そもそも、飲食の場に動物が大量にいるというのはどうなのだ。飲み物の中に抜け毛が入ってしまいそうじゃないか。

Кошка『今日は土曜日、日本では多くの学生が休日を謳歌《おうか》しています。アーニャもそれにならい、街へ繰り出しましょう。クローゼットに「アーニャ私服セット」が入っています。目標地点の位置を転送しますので、着替えてでかけてください。ミッションの成功を期待します』

気が進まなかったが、ミッションという言葉で自動的にスイッチが入ってしまう。

そして、入居してから一度も開けたことのなかったクローゼットを開けた。

『アーニャ私服セット』とやらは、どうやら二パターン用意されているらしい。

ひとつは、いわゆる若者向けのスケーターファッション。厚手のフードパーカーにロングのTシャツ、デニムのショートパンツとニーソックスといったカジュアルなコーディネート。靴は動きやすそうなスニーカーだ。

それはいい。

問題は、もうひとつのほうだった。

「なんだ……これは?」

黒白のメイド服。

それも明らかにフォーマルなものではない。ゴシックロリータというのか、いかにも華美で装飾的なフリルが施《ほどこ》された「趣味」寄りのタイプ。スカートの丈もなぜか妙に短い。

こんな服を着て外を歩いている人間は、特殊なイベント会場か東京の特殊な一地域だけにしかいないだろう。

これでは、実質的に私服は一択だ。《コーシカ》にメッセージで苦情と改善を申し立てるが、善処しますという政治家の答弁のような返事が戻ってきただけだった。

私の中で、この協力者への信頼度が大きく低下した。任務に趣味を持ちこむとは、公私混同もはなはだしい。

私は新しい服——もちろん、メイド服ではないほう——を着ると、与えられた任務を遂行《すいこう》すべく部屋を出ていった。

グーグルマップに表示された目的地は、徒歩で向かうにはやや遠そうだった。最寄りの駅は私鉄で三駅ほど離れている。

ただ遠いといっても、あくまで日常生活レベルでの範囲だ。歩いて二〇分から三〇分程度の距離なら、体力的な問題はまったくない。

一度駅へ向かうか、このまま地図にしたがって目的地まで歩くかを考えたとき。

「────ッ」

どくん、と心臓がイレギュラーな脈動を打った。

身体《からだ》のあちこちが、同時に不自然な痛みを主張しはじめる。

原因はもちろん、私の体内にある殺人ウィルス《血に潜みし戒めの誓約《クローフィ・クリャートヴァ》》の発症だ。このウィルスが発症するまでの潜伏期間は二日弱から一週間程度と幅が大きく規則性がないため、予測して備えることは困難を極める。前回猫アレルギーが出たのは、まさにその二日前。まだ余裕はあると完全に油断していた。

「まずい……ッ！」

そして一度ウィルスが発症した以上、一〇分以内に抑制剤を投与しなければ確実に私は死ぬ。

だが組織を離れた今、抑制剤は手元になかった。よって、同じ効果をもたらす猫由来のアレルゲン物質に接触するしか助かる方法はない。

だが、よりにもよってこのタイミングでやってきてしまうとは──

今から一〇分以内に猫カフェまでたどり着くには、車を使わない限り不可能だ。

国道沿いの通りへ飛び出した私は、タクシーを拾おうとする。

だが土曜日の朝であるからか、車の通行自体がやけに少なかった。そして、やってくるタクシーの影も一向に見えない。

「く……っ」

ならばと、近在の猫出没スポットを脳内で検索する。《コーシカ》から送られてきたそのリストの中に、マンションから歩いて数分の距離にある公園があったはずだ。

今から引き返して、そちらへ向かうか。だが、行ったとしても野良猫に遭遇できるとは限らない。

あるいはここにとどまり、数分以内にタクシーが通りかかる可能性に賭《か》けるか。

今、生と死の分岐点が私の前にあった。

ガードレールに手をつき、苦痛にもつれる足を必死に支える。脳は高速で生き延びるための道を探し回転していた。

近づいてくる車のエンジン音を聴覚が拾ったのは、そのときだった。

後方に目を向けると、こちらへ走ってくる車のシルエットが見えた。午前中のまだ低い陽光を鋭く弾《はじ》く、ロードスタータイプのスポーツカー。

楕円形《だえんけい》の大きなヘッドライトを左右の端に持つ、特徴的なデザインのフロントグリル。なめらかな曲線を描く流線型のボディは、シックなダークグリーンに塗られたロータス・エリーゼだった。当然、タクシーなどではないだろう。

　だが今は、緊急避難としてなんとしても乗せてもらいたかった。もし止まらなければ、実力行使に訴えてでも……！

　ガードレールから大きく身を乗り出し、みるみる近づいてくる濃緑色の車体に向かって激しく手を振る。

　果たして、ロータスは――ゆっくりと速度を落とし、私のすぐ前の路肩でぴたりと停まった。

　車道側のパワーウインドウが下がる。右ハンドルの運転席に座っていたドライバーの顔が、その奥から見えた。

「あら？　あなたは確か……」

　ハンドルを握っていたのは、私も知っている若い女性だった。

　駅前のドラッグストアでパートタイム店員をしている、久里子明良《くりすあきら》。

　サングラスをかけているが、間違いない。彼女もまた、私の顔を憶《おぼ》えていたようだ。

「すまないが、今から言う場所まで私を乗せていってはくれないだろうか？　謝礼はする」

　めまいと全身を襲う激痛の中、私は声を張ってそう告げた。

「そうだ、アーニャちゃんだ――お急ぎのようね。もちろん、構わないわよ？」

　微笑を浮かべた明良が、おやすい御用とばかりに助手席側のドアを開ける。九死に一生を得た私は、転がりこむようにツーシーターの座席へと乗りこんだ。

「それで、お嬢様。私はどこへ向かえばいいのかしら?」

「啄木町《きつつきちょう》の猫カフェ『松ねこ亭』だ。一〇分以内……いや可能な限りに早く、そこへ着きたいのだが。間に合うだろうか……?」

苦しい息を隠しながら伝えると、明良《あきら》はうなずきアクセルを踏む。ロータス・エリーゼは再び国道を走り出した。

「OK。そこなら私もよく利用するから、近道を知ってるわ。今朝は道もすいてるし、五分もかからないと思う……それにしても、アーニャちゃんを乗せてドライブできるなんてラッキーね。あんまり天気がいいから、ふらっと出かけてみた甲斐《かい》があったかな」

ハンドルを握る明良が、横目で私を見て微笑《ほほえ》みかけた。

「私も、おかげで助かった。礼をしたいのだが……この場合、相場はいかほどだろうか?」

財布を取り出そうとする私を、明良が片手をかざして制する。

「いらないわ、タクシーじゃないんだから。私こそ、可愛《かわい》い女の子を隣に乗せて興ふ……いえ気分が明るくなるし、むしろこっちがお礼をしたいぐらい」

何かを口走りかけたが言い直し、明良が快活に笑った。それから、こちらの顔をあらためてうかがう。

「それより、さっきからとても具合が悪そうだけど……大丈夫?」

「大丈夫だ、問題ない」

顔には一切苦痛の色は出していないはずだが、やけに洞察力が鋭い。

この間のドラッグストアでの立ち居振る舞いに覚えた違和感が、再びじわりと蘇《よみがえ》ってくる。

久里子《くりす》明良というこの女……本当は、いったい何者なんだろうか？

もちろんドラッグストア店員だというのは知っているが、それにしては……と私の直感に引っかかってくる点が妙に目立つ。

この車にしてもそうだった。

値段については詳しくないが、英国製の高級スポーツカーだ。一千万円近くはするんじゃないだろうか。パートタイマーが受け取る賃金に対しては不釣り合いに感じる。もちろん、収入の大半を車につぎ込むただのカーマニアだという可能性もあるが。

意識を保つためにそんなことをつらつら考えながら、全身に広がっていく苦痛と心臓を襲う不整脈に私は耐え続けていた。

「お待たせ。着いたわよ」

明良が宣言したとおり、五分とかからぬうちに目的地まで到着したようだ。

そこは、意外にも普通の住宅地だった。こんな一帯に猫カフェなるものがあるのだろうか？

「降りていいわよ」

明良は有料パーキングにロータスを停めると、私をうながし自分も車を降りた。

よろめく足下をどうにか制御しつつ、先を歩く明良の後についていく。

彼女の向かった先には、周囲の建物より明らかに古い大きな一軒家があった。建て売り住宅のような新建材ではなくすべてが純然たる材木で、経年変化により木肌が黒ずんでいる。まるで文化遺産の寺か何かのようだ。

だが確かに、入口の引き戸の上から垂れ下がった紺色《こんいろ》ののれんには『古民家ねこカフェ　松ねこ亭』という白抜きの文字と猫をデザインしたシルエットが見える。ここが目的地であることに疑いはない。

のれんをくぐった明良《あきら》は、玄関に靴を脱いで板敷きの廊下に上がった。

そこに設けられた受付のカウンターには、愛想の良さそうな中年の婦人が座っている。私も明良にならい、後に続いた。

「あら久里子《くりす》さん、いらっしゃい。そちら、お連れさん？」

「はい。さっき道で拾いまして。あんまりかわいいんで連れてきちゃいました」

「あらやだ、猫ちゃんじゃないんだからあ……でもほんと、うっとりするぐらい綺麗なお嬢さんねえ。猫ちゃんになったらラグドール、それともシャルトリューとかロシアンブルーかしらあ。こう、気品のある洋猫さんって感じだわねえ」

受付の婦人は妙にマイペースかつにこやかな口調で、私はなぜかその雰囲気に既視感があった。

明良は、何かカードのようなものを見せてスタンプを押してもらっている。どうやらこの店の常連客であったというのは本当らしい。

「アーニャちゃん、今日は一時間の利用でいいかしら？」

「う……うむ、問題はない」

「じゃあ、おばさん。大人一人、学生一人で一時間コースね。それと、この子に新しく会員証を作ってもらえます？」

「はいはい、会員証ねえ。ええと、それじゃお嬢ちゃんのお名前は？」

「私の名は、アンナ・グラツカヤだ――明良、料金なら私は自分で払うが」

「いいのいいの。せっかくのご縁なんだし、ここは私におごらせておいて。学生なんだから、社会人には遠慮《えんりょ》なくたかっていいのよ？」

「えーと、ごめんなさいねえ。カタカナのお名前、おばさん難しくて覚えられないや。悪いんですけど、ここにご自分で書いてくださる？」

「うむ、了解した――では、明良。好意はありがたく受け取っておこう」

手早く会員証にサインを済ませたが、私は猫の姿を求めて気もそぞろになっていた。タイムリミットの一〇分までまだ少し猶予《ゆうよ》はあるが、苦痛からは一刻も早く解放されたい。

「猫はっ……猫は、どこにいるのだ？」

「あらあら。お嬢ちゃん、ほんとに猫ちゃんが大好きなのねえ。今ご案内しますからね」

平静を装《よそお》いつつも露骨《ろこつ》に周囲を見回す私を見て、誤解した婦人が微笑《ほほえ》ましげに頬《ほお》をゆるめる。

「はいどうぞ。こちらですよお」

飴色《あめいろ》に磨かれた廊下を婦人の案内で奥に進むと、やがて行く手のガラス戸が開かれた。

その奥は一二畳ほどの、かなり広い和室になっている。そして壁や天井に沿って、手作りと思《おぼ》しき木製のキャットタワーやキャットウォークが配置され――

「ふぁ……ふぁっくしゅんッ!!」

一〇匹近くの猫たちが、あちこちでくつろいだり仲間同士でじゃれ合ったりしていた。

「くしゅっ、くしゅんっ」

猛烈《もうれつ》な痒《かゆ》みが目と鼻の奥からこみ上げてきて、私はくしゃみを連発する。涙がにじみ、肌に赤いじんましんが浮かび上がった。

「えっ、アーニャちゃんって猫アレルギーだったの？　大丈夫？」

そんな私を見た明良《あきら》が、軽く驚きの表情を浮かべる。

一方で私は、猫アレルギーの反応と引き換えに死の苦痛から解放されていた。今にも消え入りそうだった心臓の鼓動も復活する。身体《からだ》の痒みさえ、復活で得られた清々《すがすが》しさの前ではまったく気にならない。

「問題《もんだい》ない」

ポケットティッシュでハナをかみながら、私は答えた。

「そう、ならいいけど。まあアレルギー持ちだけど猫好きな人って、割りといるものね……

はい、これメニュー。飲み物を最初に注文するシステムなの」

明良から手渡されたメニューのボードを見る。品目にはコーヒーや紅茶、ジュース類など普通の喫茶店やカフェにあるものが並んでいた。

明良はカモミールティー、私はカプチーノをそれぞれホットで注文する。

その間、座布団に座った私たちはそれぞれ活動する毛玉たちをながめていた。猫の多くはこちらのことなど意にも介さず、めいめい勝手な振るまいに興じている。

キャットタワー上のハンモックで、ひたすら惰眠《だみん》をむさぼるもの。

ぽてぽてと、ただ無目的（としか見えない）にしっぽを立てて歩き続けているもの。

畳の上で、アンモナイトのように丸くなってはからみあいレスリングに熱中する組。

部屋に入ってきた二足歩行する類人猿の末裔《まつえい》たちを、下等生物を見るような眼差《まなざ》しで見下ろすもの……と、一匹とて同じことをしている猫はいない。

その中で、こちらに興味を示した猫が向きを変えて近寄ってきた。口の上に黒いチョビヒゲに似た模様のある三毛猫だ。

三毛猫は、座布団にあぐらをかいた私の足を標的にしていた。ピンク色の鼻先を近づけると、ふんふんすんすんと熱心ににおいをかぎ始める。

まるで私の足がくさいと言われているようで、じわじわと羞恥《しゅうち》まじりのプレッシャーを感じてしまう。

「チョビちゃんは、アーニャちゃんに興味を示したみたいね。やっぱり、猫好きとそうじゃない人ってわかるみたいだから……その子、たぶん抱っこできるんじゃない？　せっかくのチャンスだから、してみたら？」

明良《あきら》は微笑《ほほえ》ましげにこちらを見ているが、とんだ勘違いだった。私は決して猫好きじゃないし、別に抱っこもしたくない。

しかし延々と足のにおいをかがれるのも恥ずかしいので、両手でやわらかい腹をすくうようにして持ち上げてみる。

その瞬間、手の中からでゅるんっと三毛猫がすり抜けていった。しっかり捕まえていたにもかかわらず。

猫はそのまま畳の上に音もなく着地し、すたすたと歩き去っていく。

……なんだ、このありえない軟体ぶりは？　スライムか何かか？

「あはは、チョビちゃんに嫌がられちゃったね。その抱っこだと猫は痛いと思うから、前足の脇の下にしっかり腕を入れて持ち上げながら、逆の手でお尻を下から支えてあげるといいわよ」

「なかなか難しいものだ……」

チョビという名前が、今の三毛猫には付けられているらしい。

一口に猫と言っても、さっきの婦人が言ったように様々な猫種が存在するし、体毛の色も異なる。性格も、おそらくは一匹一匹違うのだろう。当然、個体識別のために名は必要になる。

チョビヒゲのような模様だからチョビ、という命名は少し安直な気がするが。

「しかし、猫には骨格というものが存在しないのか？　丸まったり伸びたり、どんな形にも変化してしまいそうだ……」

「猫は液体なんて言われてたりね。でも、もともとそういう身体《からだ》の構造なの。関節が多くて内臓の位置が自在に動くから、狭い場所も平気ですり抜けたりできるんだって」

近くにきた別の猫をなでながら、明良が説明する。

「明良が猫好きだったとは知らなかった」

よく考えてみれば、ここの常連客でもあるのだから当然のことだった。

また明良のみならず、この国における猫の需要は基本的に高いのだろう。でなければ、猫カフェなどという珍妙な店が流行《はや》るはずもない。

ロシア人はやたらと猫好きが多い国民性だが、日本人も負けず劣らずといった印象がある。

「うん。猫はみんな大好きよ。でも一番好きなのは、外で健気《けなげ》に生きている野良猫かな」

猫たちを見つめる明良の目は、とても優しげで温かい。クールで神秘的な外見の印象とはギャップがあり、見ていると少し胸がざわついてくる。

落ち着かなさを覚えたとき、部屋に誰かが入ってきた。

部屋着のような無地のトレーナーとジーンズに、家庭的なエプロンを着けた少女。

その手には私が注文したカプチーノのカップと、明良のカモミールティーが入ったガラスのティーポットを載せたトレイがある。

「お待たせしました……あれえ？」

少女が私たちを見て目を丸くしている。

「アーニャ！　明良《あきら》さんも一緒にぃ？」

注文の飲み物を運んできたのは、クラスメイトの松風小花《まつかぜこはな》だった。

彼女は私がいることに驚いているようだが、それはこちらも同じことだ。

「小花。ここでアルバイトをしていたのか？」

「あー。いや、なんだろこれは……家のお手伝いかなあ？」

「手伝い？」

「ふふ。黙っててごめんね、アーニャちゃん。この『松ねこ亭』は小花ちゃんの実家なの」

私と小花の様子をニヤニヤと見ていた明良が、悪戯《いたずら》めかして含み笑いをもらす。

どうやら、対面のこの瞬間を演出したかったらしい。見事にしてやられた、というわけだ。

そして、この猫カフェを小花の実家が経営しているということは。

「では、もしかしてさっき受付にいた女性は……」

「うん。わたしのお母さんだよお」

さきほどの既視感に納得がいった。あの婦人の温和さやマイペースな話しぶりは、小花にそっくりだ。

「なるほど、そういうことだったのか……」

小花は家に一二匹の猫がいると言っていた。確かに、このカフェにいる猫の数とはほぼ一致する。

「お父さんお母さん、あとおばあちゃんが一緒に暮らしてるんだけど、家族全員猫が大好きなの。猫カフェをやるのも、お母さんの夢だったんだ。それで、うちは古いけどやたら広いし家をお店にしちゃおうってなったの」

飼い主である小花の姿を認めて、多くの猫たちが集まってくる。大家族の母親のようにそれらをあやしている小花を、私たちは飲み物を口にしながらながめていた。

猫とは異常に警戒心が強い生き物という印象を持っていたが、ここの猫たちはやたらと馴《な》れ馴《な》れしく、人間をまったく恐れていない。

こんなふうに人に甘えたり弱点である腹を見せてはコロコロ転がったりする姿は、私のイメージする猫とはまるで別種の生物であるようにも思えてきた。

そんなことを考えていると、ふと腰のあたりに、どさっとなにか倒れこんできたような感触。結構な重たさだ。

そっと振り返ると……

「なっ」

そこに、大きな猫がアザラシのようにぼてっと横たわっていた。しかも、私の尻に頭をあずけてくつろいでいる。

「あれえ。モーさん、二階から降りてくるなんて珍しいねえ。今日はお天気がいいから、気分もいいのかなあ」

毛足がふさふさと長く、白地に黒ブチのマダラ模様を描く色合いが特徴的だった。どことなく牧場の牛を思わせる。

「この子が『松ねこ亭』の最年長なのよね。アーニャちゃん、なつかれてよかったじゃない」

「いや……おかげで動けなくなってしまったのだが。正直、迷惑だ」

牛柄の大猫は、完全にこちらへ体重を預けて毛づくろいに余念がない。私が立ち上がったりすれば支えを失い、コロンとひっくり返ってしまうだろう。

だからと言って私が尻をさしだす義務はないのだが、そうしなければいけない気がなぜかしてくる。まるで下僕にでもなったような心境だった。

「ふふ。クールビューティのアーニャちゃんも、すっかり猫のペースでかたなしね……知ってる？　この星を支配しているのは、実は猫なんだって。つまり人間は猫の奴隷《どれい》なの」

「なんだと？　まさかそんなことが……」

本気でいぶかしむ私との話を、ティーカップに口をつけながら明良《あきら》が続ける。

「地球人と猫の関係を見た宇宙人が、そういうふうに勘違いしちゃうっていう小説があってね。星新一《ほししんいち》って作家のショートSFなんだけど」

小説と聞いて、《コーシカ》から何冊も送られてきた課題図書のことを思い出した。すべてが猫に関する内容の書籍で、私はこれらを読んでレポートを送らねばならない。

私自身の生命維持に直結する、猫という存在への理解を深めるため——というお題目だったが、今朝のメイド服を見せられた今となってはそれも疑わしい。単なる猫好きなのではないだろうか。

「む……気のせいか、急に痒《かゆ》みと鼻詰まりが収まってきたような」

「モーさんはサイベリアンだからねえ。猫アレルギーが出にくい猫種って言われてるんだよ」

ほかの猫にくらべて、やけにふさふさと毛足が長いのが目立つ。スマートフォンでサイベリアンの情報を検索する。

「サイベリアン・フォレストキャット——ほう、ロシア原産の猫種なのか」

ロシア語ではシビールスカヤ・コーシカ。すなわち、シベリアの猫という意味だ。寒冷な環境に適応して長毛種に進化したという説もあるらしい。

「この子のご先祖様は、アーニャちゃんと同郷なのね。だから懐かしくて寄ってきたのかな?」

「うちにいる子はだいたい、怪我《けが》してる子を拾ったり、保健所や里親譲渡会から引き取ってきた保護猫なんですけど……モーさんだけは、ペットショップで売れ残ってた子なんです。毛の柄が洋猫っぽくないからかなあ? 一歳を過ぎて大きくなっちゃっても、ずっとショップのケージの中にいて……それをかわいそうに思ったお父さんが、お家にお迎えして」

「そうだったの……ショップでお迎えされるのは、ほとんどがまだ小さい子猫だけだからね。よかったわね、モーちゃん」

しんみりとした様子で牛柄の大猫を見つめながら、小花《こはな》と明良《あきら》が言葉を交わす。

私は、ふと浮かんだ疑問を口にした。

「そうやって成長してしまい、売れ残ったショップの猫は最終的にどうなる？　店員が個人的に引き取って飼うのか？　それともブリーダーの元に返すのか？」

特に意図するところもない、素朴な疑問だった。

だが。それを聞いた小花の瞳に、急に憂《うれ》いを帯びた色が浮かぶ。

「あとは、お店で里親を募集するケースもあるかしら……それでも、最後まで行き場のない子が出てしまうようだけど」

答えたのは明良だった。

そして、小さくため息をつくとその先の言葉は続けなかった。あえて口には出したくないというように。

「それでね、アーニャ？」

やや重たくなった空気をぬぐい去るように、小花が明るい声を出して私のほうを向く。

「モーさんがお家にきたとき、わたしまだ赤ちゃんだったの。だから、おヒゲを引っ張ったりしっぽをつかんだり、猫の嫌がることばかりしてたんだってぇ。でも、自分がお姉さんになるつもりだったのかなあ？　それでも怒ったりしないで、ずっとわたしと一緒にいてくれたらしいよ。すごく優しい子なんだあ」

嬉《うれ》しそうに、モーという猫とのエピソードを語る小花《こはな》。その手は、ずっと私にもたれてリラックスする牛柄の長毛をなでていた。

「そうだ、アーニャちゃん。おもちゃで猫ちゃんと遊んでみる？」

おもむろに明良《あきら》が立ち上がった。備えつけのコーナーに用意されていた猫じゃらしを二本持ってくると、片方を私にさしだす。

フェルトのような毛羽だったやわらかい素材の芯に、ひらひらとなびく房が付いた細いプラスチックの棒。どこか麦の穂にも似ている。

「ほら、こうやって小刻みに振ってあげると……」

明良が私に手本を見せる。猫の一匹に向け猫じゃらしの棒を小さく振ると、先端の房がしなるような動きをしはじめた。

猫は、一瞬でその動きに心を奪われた様子だった。ほかに何も目に入らないというように、猫じゃらしを全身全霊でロックオンする。狩りの姿勢よろしく身体《からだ》を伏せると、尻をフリフリと動かし今にも飛びかかりそうだ。

「それっ！」

そして明良が急なタイミングで棒を大きく振ると、猫は激しい勢いでそちらに飛びかかった。

明良は、ネズミが這《は》い回るような動きで猫じゃらしを畳の上でぐるぐる回す。猫は真っ黒に瞳孔《どうこう》が開いた目で、それを一心不乱に追いかけていく。

「アーニャもやってみなよ？」

「う……うむ」

小花にうながされた私は、猫じゃらしをモーの顔の前で振ってみる。

しかしフサフサの毛に埋もれた老猫は、ちらりと見ただけで関心を示さなかった。それどころか、こちらを馬鹿にするような大あくびをしている。

「モーさんはお年寄りだから、もうおもちゃでは遊んでくれないかなあ……じゃあ、あのラテちゃんがいいよ」

小花が、近くで身体の毛をなめている小柄な猫を指さした。ミルクティーのような、淡い茶色のトラジマ猫。私はおすすめにしたがって、その猫の目につくような位置で猫じゃらしを動かしてみる。

その瞬間、横から別の黒猫が飛びついてきた。

「うわッ《オーイ》!?」

予想外の素早い奇襲に、私は面食らっていた。それをよそに、真っ黒な猫は猫じゃらしを両手で抱えこむと、あぎあぎと歯を立てて噛《か》みついてくる。

「あはは！　キキちゃんに取られちゃったねえ、ラテちゃん？」

キキと呼ばれた黒猫は、かなりエキサイトしていた。仰向《あおむ》けにひっくり返ると、両手のみならず両足でガシガシとキックするように猫じゃらしをホールドしている。力が強く、あやうく猫じゃらしをもぎ取られかけた。

「むっ、凄《すご》い食いつきだ……！」

猫の力に負けじと猫じゃらしを引っ張ると、プラスチックの棒が大きくしなった。なにか釣りでもしているような気分になってくる。

「くっ……ならば！」

私は全身を脱力させると、しならせた右腕に強烈なねじりを加えた。肩から肘《ひじ》、手首に至る関節の動きがすべて一瞬の間に連動し、私の右腕はドリルのように急旋回する。中国拳法の技法である纏糸勁《てんしけい》の応用だ。

猫じゃらしにしがみついていた黒猫が、そのスピンに弾《はじ》かれ空中をポーンと飛んだ。

「にゃっ!?」

猫みたいな驚きの声をあげたのは、人間である小花《こはな》だった。

黒猫は畳の上にぼてっと落ちると、状況が把握《はあく》できずキョトンとしている。しかし、またすぐに猫じゃらしへの関心を思い出して突っこんできた。速い……！

「させるかッ」

私は黒い稲妻のようなキキの突進を、座ったまま真横へすばやく跳びのいてかわす。

しかし敵もさるもの、人間ではありえない鋭角的な動きで方向を転換。地（畳）を蹴《け》って跳躍した。私へ向かう弾丸のごとき勢いは、かつて拳《こぶし》を交えたいかなる格闘家の打撃をもしのぐ速さだ。

「はあッ！」

私は畳に両膝《りょうひざ》をついたまま、後方へ大きく背中を反らした。『マトリックス』のキアヌ・リーブスもかくやというアクロバティックな緊急回避に、さしもの猫も目標を失い頭上を飛んでいく。勝利の確信を私が感じた瞬間――

なんと黒猫は、着地前の空中で身体《からだ》を丸めるや両手両足で猫じゃらしを捕獲したのである。その勢いと落下する猫の重みで、私の手から猫じゃらしの柄が奪われかけた。

「ばかなッ《ダー・ラードナ》!?」

なんという……！

伝説に聞くジャパニーズ・ニンジャのごとき、圧倒的身体能力と反射神経。そしてそれを限りなく無意味に発揮する、遊び道具への異常な執着。

これが猫……私の敵だというのか？

「くっ……再び膠着《こうちゃく》状態に持ちこまれたかっ」

猫相手の釣り勝負に全神経を集中させていると、横顔にふと明良《あきら》の視線を感じた。

「どうした？」

「アーニャちゃんって、何事にも真面目というか全力よね。見た目は完璧なクールビューティなのに、仕草は無邪気で愛らしいなんてずるいわ」

「ずるいと言われてもな……」

これまで私が生きてきた日々は、行動の失敗が死に直結する瞬間の連続だった。

だからこそあらゆることに集中し、失敗しないよう真剣にならざるをえない。ただそれだけの話だ。

「アーニャちゃんのそういう一生懸命なところって、どことなく猫と似ている気がするわね。猫って、ごはんを食べるときも遊ぶときも、常に一生懸命な感じだもん」

笑顔で私を見つめながら、明良《あきら》がそんなことを言う。

一瞬あっけにとられたせいで力がゆるみ、猫じゃらしをキキに奪われてしまった。

……よりにもよって私が、この厄介《やっかい》きわまりない謎生物と似ているだと？

「ああ～！　わたしもそう思う！　アーニャって確かに猫っぽい！」

「なっ、小花《こはな》まで……!?」

あまりの屈辱《くつじょく》に私は憤慨《ふんがい》を禁じえない。

私は断じて、こんなに怠惰《たいだ》かつ冷淡で、人間の好意に対して感謝のかけらも見せない、液体なのか固体なのかすら不明瞭《ふめいりょう》な、予測不可能の小さな怪物になど似てはいないはずだ。

「そっかあ。だからだあ」

「何がだ……」

憤《いきどお》りを押し殺しつつ問う私を、小花はただ目を輝かせて見返している。

「初めてアーニャを見たとき、また会えるといいなと思ったんだ。あのとき、そう思った理由がわかっちゃった」

そして小花は、目を細めて笑った。

名前のとおり、小さな花が咲くように。

「だってわたし、子供のころから猫が大好きだったんだもん。なら、猫に似てるアーニャのことも好きになるに決まってるよねぇ？」

私のことを好きだという、何のてらいもない言葉。それは、この前のような一般論とは明らかに違う響きを持っている。

そんなことを口にする彼女の笑顔に、心臓を弾丸で撃ち抜かれたような衝撃に襲われた。陽だまりの中にしか咲かない、真っ白で清らかな花。それをふいに、目の前に差し出されたかのようだった。

彼女の見せた笑顔には、そんな花にも似た純粋な好意の感情しか乗せられていない。そのことが、理屈ではない何かを通じて私の中へ伝わってくる。

殺人ウィルスの脅威は去ったというのに、心臓の鼓動が不自然に速まっていく。それを制御するすべが、私にはない。

この未知の攻撃に対処する感情《ぶき》が、自分の中に見つからない。戦場ならば、棒立ちになったままとっくに殺されてしまっていただろう。

だから、私は……

「すまないが、急な用事を思い出した。今日はこれで帰らせてもらう」

未知の脅威に対し、速やかに戦域離脱を試みる。

これ以上、不明瞭《ふめいりょう》な感情に自分自身を侵食されないために。

自分の内面の湿度を、一定値に保つために。

どんなときでも、アンナ・グラツカヤは乾いていなければならないのだから。

「あら、そう。じゃあまたね、アーニャちゃん」

「月曜日、学校でね！　今日はきてくれてありがとうねえ」

手を振る小花《こはな》に背を向けて、私は『松ねこ亭』をひとり去っていった。


Кошка『初めての猫カフェ探訪はいかがでしたか？　カフェ猫の人なつこさには格別なものがあります。猫というものの生態を間近で学習するには、実際に猫を飼うこと以外で最も適した環境にあると言えるでしょう』

その夜。

入浴を済ませたころ、スマートフォンに《コーシカ》からのメッセージが届いた。

確かに、猫に関する私の認識はおおいに変わった。今日一日で私が体験したカルチャーショックは、相当なものだと言えるだろう。

今までの私が知っている猫とは、ほぼイコール野良猫のことだった。

だから人間に対する警戒心が強く、人が近づけば光の速さで逃げていくというイメージだったのだが……松風《まつかぜ》家の客なれした猫たちは、むしろその逆だった。

自分たちが持て余した無限の好奇心や退屈を満たす手段として、人間というものに関わってくる。猫の持つそうした一面は、私にとって未知のものだった。

Кошка『いずれはアーニャも、自分自身で猫を飼う必要があります。そのための予行演習として、今日の経験を役立ててください』

「なっ……？」

続く《コーシカ》からのメッセージに、私は呆然《ぼうぜん》と固まってしまう。

猫を飼う……だと？

この私が？

「不可能だ《ニヴアズモージナ》！」

私は即座にそう叫んでいた。

どんなに難攻不落を誇る敵陣へ突入するときにも、これほどの『無理だ』という感情に襲われたことはない。

あれほど理解困難な思考回路で動く『敵』に対処し、あまつさえ同居するなどと——

私にとっては、宇宙の果てで遭遇する謎の知的種族と友好条約を結べと言われているのにも等しい。

スマートフォンの仮想キーボードをタップし、《コーシカ》へ異議を申し立てようとする。

「————」

そのとき、後頭部をちりりと焦げつくような感覚が襲った——私に向けられた他者の視線。

位置は六時方向。背後だ。

黒インクで塗りつぶしたような春の夜がひろがる、サッシのガラス窓の向こうはベランダ。

視線の主は、そこに立っている。

ここは五階建てマンションの二階。地上からよじ登ってきたか屋上から降りてきたか、いずれにしろベランダにいる何者かは玄関以外から入ってきた侵入者だ。

刺客《しかく》——考えられるとすれば、《家《ドーミク》》からの追っ手か。

私がまだ生きのびているという、ほんのわずかな可能性さえ見逃すことなく追跡の手を伸ばす。そんなおそろしいまでの執拗《しつよう》さは、いかにもあの非情の組織らしい。

私は後方を振り向くことなく、視線の位置を感覚のみで把握《はあく》した。

侵入者は、私の背中を確実にロックオンしている。遅くとも一秒後には、必殺の銃弾が放たれているはずだ。

私は、一切の予備動作なく横方向に身をなげうつ。倒れると見せてフローリングの床に片手を突くや、くるりと側転しながら立ち上がった。

初動開始から一秒以内に完了する、反撃への動作。すばやく照準から逃れた私の姿は、相手の視界内から瞬時に消失したはずだ。

そしてベランダの敵へ向けて突撃せんと、全身のバネをぎりっと凝縮させた刹那《せつな》。

「な――」

『敵』の姿を目視した私を、今日何度目かの驚きが襲っていた。

そう――あの種族から与えられる、常に私の予想を超えていく未体験の衝撃が。

サッシ窓の向こうには、一匹の猫がいた。

ベランダのおそろしく狭い手すりの上を、踏み外しもせず四つ足で歩行しながら。

顔だけを器用に横へ向け、部屋の中にいる私を見ていたのだった。

それほど大きな猫ではない。

体毛の色は、くっきり二色に分かれている。小花《こはな》の猫カフェにもいた、ハチワレと呼ばれるツートーンの柄だ。ただしあそこで見たのは黒と白だったが、こちらは茶色と白。

身体《からだ》の大部分を覆うのは、揚げたてのピロシキみたいなこげ茶色の毛。

その色は眉間《みけん》を中心に左右へ分かれ、それぞれ鼻から上のラインに沿って頭の後ろへ続くカーブを描いていた。映画のバットマンと似た、口元だけを露出《ろしゅつ》したマスクをかぶっているようにも見える。

それ以外の鼻すじと口まわりから下の、喉《のど》と胸元を経由し腹部へと至る毛、それに四つの手足の先端は真っ白だった。

こちらの色は、ピロシキを割った中身のふかふかなパン生地を連想させた。特に手足の先は、まるで白い靴下をはいているかのようで印象的だ。

つい食べものを想像してしまったことで、今さらのように空腹だったのを思い出す。ぐるるっと、飢えた胃袋が音を鳴らした。

まさか、ガラス越しにそれが聴こえたわけでもないだろうが……手すり上の猫が、ぴくりと三角の耳を動かすのが見えた。アーモンド形の黄色い目は、相変わらず私をじっと見ている。

猫から向けられる視線というのは、驚くほど人間のそれと似ているものだと思った。気配に敏感な習性で敵襲と錯覚してしまったのも、我ながら無理もあるまい。

「おまえも……空腹、なのか？」

どうにも人間っぽいその顔を見ていると、つい話しかけずにはいられなかった。通じるはずがないとわかっていても。

当然、窓の向こうから猫の反応は何も返ってこない。なんとなく恥ずかしくなり、顔が熱くなってしまった。

「あ……」

そして猫は私から視線をそらし、再び前を向いてベランダの手すりをトコトコ渡っていく。もはや私の存在など忘却しきったかのように、優雅な足どりには迷いがなかった。

なんとも言えない敗北感が心に忍びこんでくる。終わってみれば、ただ猫一匹の通過に振り回されていただけだった。

「しかし、こんなところも通るのか……」

マンションの二階ほどの高さとはいえ、つくづく身軽な連中だ。

私は手にしたままだったスマホを再び操作し、《コーシカ》にメッセージを送る。とりあえずは、今の顚末《てんまつ》の報告。

Кошка『それで、その猫をなでたのですか？　食事を与えたりなどは？』

ほんの数秒間、見つめ合っただけで別れた――と答えると、予想どおりの答えが返ってきた。

Кошка『先は長いですね、アーニャ。早速その猫を飼ってしまえれば良かったのですが』

やはり、《コーシカ》は私にどうしても猫を飼わせるつもりでいるらしい。

そのことをあらためて拒否すると、間髪容れぬ即答が送信されてくる。

Кошка『現状、自殺ウィルスに対して有効性を持つのは猫由来のアレルゲン物質のみという事実は言うまでもありません。その上、今日のように発症は常に突発的です。安全保障上の観点から、特効薬である猫を常備しておくのが理想の状態だと言えるでしょう。がんばってください』

もっともらしい理屈を並べた文言をながめながら、私はふとした疑惑に囚《とら》われてしまう。

今朝のあのメイド服を見てしまった以上、そう思ってしまうのも仕方あるまい。

もしかして、この『猫推し』も単なるこいつの趣味なのではないか――と。

「ふう……ただ、一文にだけは同意しよう」

私は深いため息をつき、サッシ窓をからりと開けた。

ベランダに出てみると、さっきの猫はもう影も形も見えはしない。

その代わりとでもいうように、のっぺりとした黒い空に浮かぶ月が私を出迎えた。

「確かに、先は長そうだ」

猫を飼う自分——という、この世で最も想像しづらい未来絵図。

それを現実とするまでの道のりの遠さに、私は二度目のため息を月夜に流した。

「ユキ……」

吹きこむ風の冷たさに、思い出すのはまだほんの一週間たらず前の出来事。

私——そして友であるユキ・ペトリーシェヴァの運命を変えた、一匹の猫との出会いだった。

Mission.3

雪の記憶

《家《ドーミク》》とは、シベリア地方南部の大都市イルクーツクに拠点を持つ犯罪結社である。

その歴史は古い。帝政ロシア時代に流刑地であったこの地で、監獄内の囚人たちによって結成された秘密の互助組織がその起源と伝えられている。

過酷な環境下で団結した囚人たちの結束は固く、またメンバーも政治犯として投獄された貴族や軍人をはじめ、学者や商人など社会の幅ひろい階層に及んでいた。

外界のすべてが信用ならぬ敵である中、彼らの結束は自然と疑似家族的な性格を帯びていく。その名称も、《家《ドーミク》》という仲間内の符牒《ふちょう》がいつしか正式なものとして定着した。

構成員は「家族」という、この世で絶対に裏切られることのない絆《きずな》で結ばれた仲間である。よって、裏切り者には必ず死の制裁が加えられる——という苛烈《かれつ》な罰則は、マフィア的な犯罪結社であれば決して珍しいものではない。

だが《家《ドーミク》》の場合、その傾向は他に類を見ないほど過激で狂信的であったと言える。

それが第二次大戦後の冷戦時代、彼らの医学や化学の先端分野にも浸透したコネクションが生み出した殺人ウィルス——《血に潜みし戒めの誓約《クローフィ・クリャートヴァ》》の、全構成員への感染投与である。

一度発症すれば、対となって開発された抑制剤で症状を鎮《しず》めない限り絶命は不可避な死の呪い。それによって結ばれた「家族」たちは、文字どおり裏切りを許されぬ鉄の結束でつながれることになった。

そのようにして営々と命脈を保っていった《家》《ドーミク》は、やがて時代の流れの中でその体質を変えていくことになる。

二〇世紀末のソビエト連邦崩壊以後、各地で多発するようになった民族独立紛争。それがもたらした混沌《こんとん》は、数しれぬほど大量の戦災孤児たちを生み出すことになる。

《家》《ドーミク》は命の安いその子供たちを人的資源として吸収し、忠実なる「家族」として利用し消費することでより巨大になっていった。


ユキ・ペトリーシェヴァは、そうした孤児たちとは異なる出自を持つ娘である。

日本人を母に持つユキの父親は《家》《ドーミク》の幹部であった。その父と同じ仕事を組織から任されるようになったのは、彼女が一五歳のとき。父はそれから二年後、ユキを遺《のこ》して急死した。

異例な年少での抜擢《ばってき》は、ＩＱ一五〇超の明晰《めいせき》な頭脳のほかにも理由があった。それは父親と同じ特殊技能を、娘のユキもまた継承していたから。

それは、洗脳——いわゆるマインドコントロールの技術である。

人身売買市場から買われてきた子供たちは、それぞれの適性に応じてその将来が決定される。頭脳に秀《ひい》でた者。身体能力に傑出した者。容姿が美しい者——ふるい分けられた子供たちは、《家》《ドーミク》の役に立つようふさわしい教育と訓練を受けることになる。

どの適性にも見るべきものがない子供は、即物的に組織の利益となるよう清算された。すなわち、脊髄《せきずい》や臓器といった「素材」の売却によって。

ユキは組織の人間である素性《すじょう》を隠し、選ばれた子供たちと接した。その手段は、子供たちの自由時間に提供されるオンラインのロールプレイング・ゲームであった。

過酷な訓練生活の中で許された唯一の娯楽として、少年少女たちはそれに依存していた。ユキは、その「自由な世界」で出会う「自分のことを何でもわかってくれる、理解ある素敵な友人」となり彼らそれぞれと接していった。

画面上のアバターを介した音声チャットの交流を通じて、ユキは会話で子供たちの深層心理に入りこむ。そして、子供たちがそれぞれ「なるべき者」へ成長する上での障害を取り除くメンテナンスを行い、ふさわしい能力をより多く引き出すための誘導《ガイダンス》を授けていった。

ある少年には、殺人や暴力に対する罪悪感や禁忌の払拭《ふっしょく》を。

ある少女には、権力者を籠絡《ろうらく》する甘言や媚態《びたい》のレクチャーを。

表面上はそうとわからぬ婉曲《えんきょく》で巧みな言葉を操り、ユキは子供たちを優秀な「家族」として育てては次々に出荷していった。

ユキの弁舌は幼い心の内側へと入りこみ、本人すら自覚せぬまま定められた適性のレールを進ませてしまう。それが亡き父親から授かった、人間心理を操るユキのマインドコントロール技術であった。

彼らとそう変わらない、同じ一〇代の身。それでも感傷や疑問を覚えたことは一度もなかった。

なぜなら、これがユキにとってこの世界で生きていく唯一の手段であるのだから。

その意味では、日々消費されていく子供たちの境遇と何ひとつ変わるところはないだろう。

組織に属するほかの大人たちも、みな同じだ。

誰もが、あるべくして定められた役割でしかこの世界に関わっていくことは許されない。心のまま自由に生きることなど、人間には最初から不可能にできているのだ。

来る日も子供たちを「家族」の一員として育成しながら、ユキは淡々と自分の運命を受け入れていた。

――とある二つの出来事と出遭《であ》うまでは。

一つ目の出来事は、ふとしたおりに父親の遺産を発見したことだった。

ネット上のクラウドスペースに、ユキにしかわからない擬装《ぎそう》を施《ほどこ》した上でそのデータは保存されていた。

その中に隠されていた情報の一つに、父の死についての真相があった。

自分は現在《家《ドーミク》》内部の派閥抗争に巻きこまれており、近い将来急死することになったならば、それは利権をむさぼる腐敗した主流派による暗殺である――という告発のビデオ映像。

ユキの父アレクセイ・ペトリーシェフの死は、ユキには事故死と組織からは伝えられていた。

隠蔽《いんぺい》されたその事実を知ったユキは、だが特に復讐心《ふくしゅうしん》を抱くようなこともなかった。

ユキにとって父親の存在とは、永遠に解けない謎そのものだった。彼が本当に家族を愛しているのかどうかさえ、一緒にいてもわからなかったからだ。

決して生身の感情を見せることなく、常にその場その場での模範解答のような言葉しか口にしない父の姿。

そんな父の姿に母はとうとう愛想を尽かし、まだ幼かったユキを残して故郷の日本へ帰ってしまった。けれど、母との別れはユキ自身が望んだ選択だった。

誰も触れることのできなかった父の心を知りたい――それが、ユキがこの道を選んだ原動力であったことは間違いない。

ユキは父の元へ残り、彼のマインドコントロール技術を学ぶ熱心な生徒となった。

それはひとえに、他者の心に入りこむ術を知ることで巨大な謎を解きたいと願ったから。

だがそれが叶《かな》う前に、父アレクセイは死んだ。

もはやユキが望むものは、この世界には何も残されていない。すべてはなるようにしかならないという乾いた諦観《ていかん》の前では、復讐など無意味でしかなかったのだ。

遺産は告発の映像だけではなかった。

父アレクセイは、極秘だった組織の自殺ウィルス《血に潜みし戒めの誓約《クローフィ・クリャートヴァ》》の成分データを密《ひそ》かに解析していたのだ。これで、理論上はワクチン開発も可能になる。

彼がそのデータを、娘であるユキに託した理由はわからない。あるいは、暗殺に対する一種の保険であったのだろうか。

ただユキは、純粋な知的好奇心を満たすためだけに危険な遺産を受け取った。父の謎を解くという人生の目的を奪われた代償行為——ユキはどこまでも客観的に、自分自身の心理の意味をそう解釈することにした。


そして、ふたつ目の出来事。それは、ほかならぬ父を暗殺した《家《ドーミク》》の刺客《しかく》が誰であるのかという情報との出遭《であ》いだった。

刺客の名を知ったとき、ユキはかつて感じたことのないような衝撃に襲われていた。


「アーニャ——」


アンナ・グラツカヤ。

その名前は、もちろん知っていた。

ユキ自身が日頃から「友人」としてメンテナンスに余念がない、組織の有望な成長株。現在わずか一三歳ながら、いずれは《家《ドーミク》》が輩出した歴代屈指の殺人機械《キラーマシーン》になるだろうと目されている少女である。

初めてその顔を見たのは、アンナが人身売買市場から買われてきた一〇歳のとき。ユキは当時一六歳になっていた。

二〇〇八年の南オセチア紛争で両親を失った戦災孤児ということだが、四歳だった当時からどうやってか六年も独力で生き延びてきたらしい。

野良猫のようにすばしこく身を隠すのが巧みなアンナを見て、ユキはどうしてこの少女が暗殺者の適性を振り分けられたのかを理解した。見た目は天使のように美しく、体格も小柄であるため、国の高官相手の高級娼婦やハニートラップ専門の工作員として育成されてもおかしくはなかったのだから。

そんなアンナの才能を開花させ、適性どおりに最高の暗殺者へと仕立て上げたのはユキ自身の仕事である。

どんな状況下でも冷静に断を下し、相手に一切の情をかけず、時には己の生命さえかえりみることなく任務を遂行《すいこう》するキラーエリート。

かくしてアンナは今度も、《家《ドーミク》》の命じるままに標的の命を仕留めたのだ。

アレクセイ・ペトリーシェフという組織の異分子……そして、ユキの父親の命を。

それを知ったとき、ユキは……

「驚いたね」

自室のPCモニターの前で、ぽつりとただつぶやいていた。

「びっくりするほど、何もないや」

ユキが想像していたのは、たとえばこんなことだ。

マインドコントロールによって子供たちの運命を操ってきた、ユキの所業。その罪の深さが、巡り巡って父親の命を奪うことになってしまった。

因果応報に苦しみ、今までの行いを悔いて改心する——といった心の動きが、自分自身に発生するのではないか。

ユキはそんな、ある種の化学実験じみた視点で己の心理を観察する。だが、想像したような感情変化など何も起こりはしなかった。

考えてみれば、ごく当たり前のことだ。

ユキはもうとっくに、自分も等しく運命の奴隷《どれい》だと自覚していたのだから。

よって、子供たちの運命を犠牲《ぎせい》として特別に哀れんだりしたこともなかった。罪悪感に苦しむような下地が、そもそもないのだ。

だからこそ、父を手にかけたアンナに恨みを抱くこともなかったと言える。

ただ。

「…………」

ただアンナに対して、言葉にはできない特別な感情が生まれるのを感じていた。

それは怒りでも憎しみでもなく、それまで父親以外の誰に対しても感じたことのなかった人間としての興味だった。


その日、ユキはオンラインのゲーム世界内でアンナのログインを待っていた。

今度の任務は、エカテリンブルグの暗黒街で権勢を振るうマフィアの顔役の暗殺だったという。難なく標的を始末したアンナは、イルクーツクの《家《ドーミク》》へ今日戻ってきたばかり。

『やあアーニャ、お帰り。今度も見事な仕事ぶりだったようだね』

いつものように、ユキはアンナのアバターである大剣使いの戦士に話しかけた。

『ただいま、ユキ』

今は施設の《子供部屋《ディエーツカヤ》》にいるアンナの声が、ゲーム内の音声チャットを介してユキのヘッドセットから響いてくる。

その声には若干の戸惑いがあった。おそらく理由は、ユキのアバターがいつもとは違う仕様だからなのだろう。

『ところでアーニャ、猫は好きかい？』

アンナの思考を先読みするかのように、ユキはそう切り出してみた。

ユキが選んだアバターは、人型のキャラクターではなく猫だった。青みがかった灰色の、ビロードのようにつややかな毛並みのロシアンブルー。

『……そんなこと、考えてみたこともなかったな』

『まあ、そうだろうね。でもアーニャ、猫というのは人間のいるところならどこにでもいるものさ。好きだろうが嫌いだろうが、こっちの都合もお構いなしに出遭《であ》うときには出遭ってしまう。運命がまさにそういうものであるようにね』

アンナに対する特別な感情、あるいは興味の強さ。それが、無意識にユキの言葉に演技ではない熱を帯びさせていく。

『だから、猫とは人を映す鏡と言えるのかもしれない。好むにしろ嫌うにしろ、その理由いかんによってキミという人間をより深く知ることができると思うんだ。ちょっとした思考ゲームみたいなものさ。こういうのは嫌いかい、アーニャ?』

『いや、問題ない。ただ、急にどうしたんだ?』

優雅な曲線を描くボディをくねらせ歩く、ユキのアバター。その足が止まり、エメラルドグリーンの瞳をゆっくり上げてアンナを見る。

『死んだ父親は、ずっと猫を飼っていたんだ。こんなロシアンブルーのね。ボクは猫アレルギーだったもんだから、いい迷惑だったよ。それをふと思い出してしまうようなきっかけが、つい最近あってね』

そして、ユキは小さな爆弾をそっとしかける。

アンナに対する遺恨はないが、もし反応したなら面白いという嗜虐心《しぎやくしん》の混じった悪戯《いたずら》気分。

『誰にも心を見せない人だったけど、もしかしたら猫にだけは自分の心をさらけ出したりしていたのかもしれない。けれど、もうそれも永遠の謎さ。殺し屋に始末されてしまってはね』

果たしてアンナは、自分がユキの父親を殺したことを悟るのだろうか。そして、そのことでユキに対する負い目を感じて胸を痛めたりもするのだろうか。

そう思うと、暗い興奮が下腹部のあたりをざわめかせるのを感じてしまう。

(いや、そんなことは決してないはずだ)

だがユキは、すぐに自身の妄想を打ち消した。アンナ・グラッカヤは、ほかならぬ自分が心血をそそいで育て上げた最高品質の殺人機械《キラーマシーン》であるのだから。

やがて、アンナは長考のあとで口を開いた。

『私は、猫が嫌いだ』

そう言ったあとに、続けて。

『なぜなら、自由すぎる存在だからだ』

自由——アンナの口にした何気ない単語が、思いがけず深く意識に突き刺さってくるのをユキは感じた。

『彼らを見ていると、自由というものがいかに無意味で空虚なものなのかを悟らされる。何の使命も持たず、自由であると錯覚したまま生きるのは、運命に対して無自覚ということだ。誰もが何らかの役割をもってしか、この世に関わることはできないというのに。それでは、人間もまた猫のように堕落《だらく》した存在になってしまうだろう。我々はみな等しく、運命の奴隷《どれい》なのだから』

ヘッドセットから聞こえてくるアンナの言葉は、一言一句ともユキ自身の考えと鏡映しに同じだった。何年もかけてそうなるようにしてきたのだから、当然だ。

マインドコントロールの成果を確認するとともに、何か言いようのない違和感が自分の中に浮かび上がった。

それが何なのかはわからない。だが、『自由』というキーワードは依然としてユキの意識に根を下ろし続けている。

『自由は無意味、か。確かにそのとおりだね、アーニャ。ボクらは血の盟約によって結ばれた家族だ。家族にはそれぞれに果たすべき役割があるのだから、めいめいが勝手なことをしだしたら始まらない。そもそもボクらは、《家》《ドーミク》を離れては物理的に生きてはいけないんだしね』

アンナの言葉に同意を返しつつ、ユキはなお正体不明の違和感をもてあそび続ける。

『つまり、ボクらにとって自由とは本来ありえないもの……つまり空想と同じようなものだ。ただ空想であるなら、これはもう何でもありだろう。どうだい、アーニャ。たまにはそうやって絵空事を語ってみるのも面白いんじゃないかな？』

『空想を……語る?』

『うん。意味があるとかないとかを抜きにして、単なるもしもの話をしようというのさ。アーニャ。もしも自由の身になったら、キミはどうしたい?』

『……』

アンナはやはり、面食らったように沈黙してしまう。

『じゃあ、ボクのほうから始めようか。そうだな……ボクは、日本へ行ってみたいな』

『日本《イポーニヤ》……確か、ユキの母親が生まれた国だったか』

『そう。母さんが思春期を過ごして大人になった環境が、どんなものだったのかを知りたい。その好奇心を満たしたいという欲求が、まずあるかな』

ユキがそう答えると、アンナは再び黙り込んだ。しかし、今度はためらいがちに何事かを考えている気配が伝わってくる。

やがて。

『ユキという名前は、日本語にある言葉なのか?』

口を開いたアンナからは、そんな問いが返ってきた。

『そうだよ。意味は 雪《スイニエーク》。空から降ってくる、あの白くて冷たい粒のこと』

『私は、ユキという名前の響きがずっと好きだった』

ヘッドセットから聞こえてきたアンナの声に、ユキは一瞬世界のすべてが遠くなったような錯覚に包まれた。

『私には自由というものがわからない。ほしいとも思わない。けれど、日本語の響きは好きだ。もしもユキが日本へ行くというのなら……私も一緒に、その国を自分の目で見てみたいと思う』

『ふふっ』

アンナのあまりの真剣さに、ユキはつい笑いを抑えきれなくなった。嬉《うれ》しさなのか可笑《おか》しさなのかは、自分でもわからない。

『変な答えだったか？』

『いや、そうじゃない……じゃあ、ボクがアーニャに日本語を教えてあげるよ。ボクは小さいころ、母さんから習ったんだ』

その日から、ユキの仕事には新たにタスクがひとつ加わることになった。

アンナという熱心な生徒への、マンツーマンの日本語教育という項目が。

一方で、ユキは父アレクセイから受け継いだ遺産——《血に潜みし戒めの誓約《クローフィ・クリヤートヴァ》》のワクチン開発のための成分解析を粛々《しゅくしゅく》と進めていた。

自身が管理するオンラインゲームの隠しサーバーを経由し、諸外国の研究者と秘密裏に解析依頼のやり取りを交わしはじめてから、すでに五年。

ナチスドイツの遺《のこ》した人体実験データを元に、旧ソ連時代に開発された殺人ウィルス。その謎は、もはや時代の狭間《はざま》に埋もれたロストテクノロジーと化し最新の医学や化学の知識をもってしても遅々として解けなかった。

そんな代わり映えせぬ日々の中、ユキに思わぬ発見がもたらされる。

それは解析を依頼した研究者の一人、フランスの引退した老医学者から送られてくるデータを参照しているときだった。

「……やっぱりそうだ」

なぜか《血に潜みし戒めの誓約《クロー・フィ・クリヤートヴァ》》のもたらす効能が弱性化しているデータが、ごくごくたまに紛れこんでいる。

ただ、そこに周期のような法則性は一切存在していない。ほかの研究者の提出するデータにも、同じ変化は見られなかった。

だからこそ今までは自然に見逃していたし、今回気づいたのも、たまたま前回の発生と時期が近かったので覚えていただけの偶然に近い。

以前からランダムに散見されていた不規則な変化に注目し、ユキはその現象を精査していった。

すると……。

「これか。この蛋白質《たんぱくしつ》成分がわずかに混入している実験のときだけ、ウィルスは弱毒化している」

それは、『fel d 1』なる極小の微粒子だった。

名称のパターンから何らかのアレルゲン物質であることだけは、ユキにもわかる。

調べてみて、その相手にも確認をとった結果——

「……ははっ」

ユキはしばしの放心のあと、片手で顔を覆い天井を仰いでいた。

それが何由来のアレルゲン物質であるのかを知り、なんとも言えない脱力感が全身を襲う。

「おいおい、いったいなんの冗談だい……こんなことって、あるのかな？」

永遠に解けないはずのパズルに、思いもかけぬピースがはめこまれた瞬間だった。


それから、およそ五か月後。

ユキは、地下五〇メートルの施設内にあるアンナの《子供部屋《ディエーツカヤ》》を来訪していた。

ここは《家《ドーミク》》の子供たちだけが暮らす生活空間であり、外界からは完全に隔離されている実質的な刑務所でもあった。

組織の幹部であるユキはＩＤ認証で施設のゲートを通過し、目指す部屋のドアをパスコードで開放する。

「やあ、アーニャ。リアルで対面するのは、お互いこれが初めてになるね」

突然すぎるユキの来訪に、さすがにアンナは目を丸くしていた。

「……ユキ、なのか？」

そして、しげしげと来訪者の顔を見つめている。

「ふふ、そうまじまじと見られると照れるなあ。想像どおりの冴《さ》えないルックスだったかい？」

おどけたようにユキは笑った。

半ばは平静を保つための照れ隠しでもある。久しぶりに動く姿を見た一六歳のアンナは、ユキの想像を超えた美少女に成長していたからだ。正直、動揺せざるをえないほどに。

アッシュシルバーに輝くつややかな髪を前にすると、気に入っていた母親ゆずりの黒髪もいささかみすぼらしく感じてしまう。色気にとぼしいベリーショートのヘアスタイルや野暮《やぼ》ったい黒ぶち眼鏡に至っては、すべてがアンナの美貌《びぼう》に及ぶべくもない。

「身長だけは、昔からちっとも伸びてないね。相変わらず小さくてかわいいや」

「……冴えなくなんかは、ない。ユキが思ったよりもお姉さんで、少し驚いてしまっただけ」

ユキを前にしたアンナのほうは、よりわかりやすく照れていた。恥ずかしげに目を伏せ、頬《ほお》もほんのりと赤らめている。

思っていたより甘えたがりなのかな、とユキはその反応を微笑《ほほえ》ましく見守りながらも冷徹に分析する。そしてそんな自分の性分に、少しばかり自己嫌悪を感じてしまった。以前にはなかったような心理だ。

「ボクは今年で二三歳だから、アーニャとは六つ違いになるね。それはともかく、アーニャ。このカゴを開けてもらえるかい？」

ユキは、持参したバスケットケースをアンナに手渡す。

「けっこう重いな。何が入ってるんだ？」

「いいから、開けてみてのお楽しみさ」

うながされるまま、アンナはケースの留め金を外してふたを開ける。

瞬間——

「「ふぁっくしゅん!!」」

くしゃみの二重奏が、向かい合わせで弾《はじ》けていた。

そろって鼻水をたらし、じんましんで顔を真っ赤にした二人が顔を見合わせる。アンナの視線が、バスケットケースの中身へと向けられた。

「なっ……猫!?」

そこには、成猫のロシアンブルーがいた。クッション代わりに敷き詰められた布の上で身体《からだ》を丸め、誰だこいつはというようなふてぶてしい目つきでアンナを見上げている。

「……どうやら、運命は答えを出したらしい」

「どういう意味だ、ユキ？」

ハンカチで顔をぬぐいながら、ユキは涙目のまま微笑《ほほえ》んだ。

「今からボクと出発だ、アーニャ」

「どこへ？　というか、私は……」

「心配ない。これはキミに課せられたミ、ミ、ッ、ショ、ン、なんだから」

ミッションというその言葉で、アンナの精神に変化のスイッチが入れられる。

任務のためであれば、その遂行《すいこう》のために身命すらなげうつ冷酷非情のキラーマシーンへと。


ユキはアンナを旧ソ連時代の骨董品《こっとうひん》じみた乗用車に乗せると、イルクーツク郊外にある施設を遠く離れていった。

巨大なバイカル湖の西端を越え、旧型のジグリ自動車はロシアとモンゴルの国境方面へと向かっている。

「知っているかい？　バイカル湖に棲《す》む生物は、ほとんどが世界のどこでも見ない固有種なんだ。淡水なのにアザラシまでいる。大昔、北極海とつながっていたころの名残《なごり》ってわけだね。ガラパゴス諸島の生き物たちと同じさ」

「待ってくれ、ユキ」

観光ガイド然としたユキの言葉を、アンナの冷静な声がさえぎった。

「私たちはどこへ行こうとしているんだ？　それに、今回の任務の概要もまだ聞いていない」

「あはは。さすがに、このままごまかされちゃくれないか」

悪びれず笑ったユキは、ブレーキを踏む。車は、シベリアの大平原のただ中で停止した。

そして、深呼吸をひとつして。

「行き先は日本。モンゴル経由で極東のウラジオストクへ高飛びして、遠洋漁船で密入国するまでの段取りはもう整えてある。日本へ着いたあとの、偽装の身分と生活を用意してくれる協力者も手配済み――つまり、任務っていうのは真っ赤な嘘。ボクらはこのまま、手に手をとって駆け落ちするのさ」

ユキが言い終わると同時に、そのこめかみに硬い鉄の感触が押しつけられた。

アンナの右手にはマカロフ自動拳銃が握られていた。銃口を突きつけるダークブルーの瞳には、一切のためらいは浮かんでいない。

「それは《家》《ドーミク》への裏切りだ。今すぐ引き返せ、ユキ」

ユキの微笑が消えた。しかし、薄いスカイブルーの瞳に浮かぶ光に恐怖や狼狽《ろうばい》の色はない。

「ボクを撃つかい？　アーニャ」

「ユキの答え次第だ。いったい何を考えている？　《家》《ドーミク》からの脱走なんて、そもそもできるわけがないのに……」

詰問《きつもん》するアンナのほうへ、ユキは顔の向きを動かした。こめかみに当たっていたマカロフの銃口は、ユキのおでこに浅く食いこむ。

「できるんだよ。できることをボクは発見したんだ、アーニャ」

静かに、そしてどこまでも真剣な声でユキが答える。

そして、上着の内ポケットから折りたたまれたレポート用紙を取り出す。視線でうながすと、アンナは手の中のそれを受け取った。

レポート用紙を広げ、アンナはその中身に目を通す。端麗なその顔に驚きの表情が浮かんだのは、すぐのことだった。

「猫アレルギーがウィルスの発症を抑える……だと？」

呆然《ぼうぜん》としたその反応が予想どおりすぎて、ユキは思わず吹き出しそうになってしまう。この事実を知ったときの自分と、まったく同じ驚き方だった。

「ね。何かの冗談としか思えないだろう？　でもね、事実なんだ。そのフランスの老医学者は猫アレルギー持ちの猫飼いでね。日頃から対策はしているけど、ときおり仕事場に猫が入り込んだりしてしまったときだけ本人にアレルギー反応が出る。その際にｆｅｌ　ｄ　１という猫由来のアレルゲン物質が成分データに混入していたんだ。ごく不規則な現象だったから、気づくまで長い時間がかかったけどね」

額に押しつけられた銃口をそのままに、ユキは一気呵成《いっきかせい》に言葉を続けた。

「ねえ、アーニャ。自分の意思で首輪を外すことができると知った奴隷《どれい》は、どうするだろう。

誰もが迷わず首輪を外すと思うかい？　……ボクはそうは思わないんだ。何かをできるということと、それを実行するかしないかの選択はまた別なんじゃないかな。首輪が必要な人間だっているだろうしね」

アンナの瞳とユキの瞳が、銃身を間に挟んでにらみ合う。

「やるか、やらないか——そんな葛藤《かっとう》の中に、ボクは人生で初めて投げこまれた。苦しかったし、不安だったよ。今だって、足が震えて仕方ない……自分の意思で何かを選ぶことって、こんなにも強い覚悟を試されるものなんだね」

「…………」

「だから、アーニャ。ボクは、自分の運命を君に託したのさ。ちょっと卑怯《ひきょう》だけどね」

「……どういうことだ、ユキ？」

ユキは、後部座席のバスケットから顔を出している猫へ視線を送った。

「もしも君が猫アレルギーじゃなかったら、ボクはすべてを忘れて運命の首輪を締め直していただろう。今ごろはきっと、ボクも君もあのオンラインゲームの中で変わらず雑談をしていたはずさ」

「……でも、私はそうだった」

ためらいがちに答えたアンナへ、ユキは慈《いつく》しむような微笑《ほほえ》みを向ける。

「猫アレルギー持ちは、人類におよそ二〇％いるそうだよ。五人に一人ってことだね。そう多くもないけど、めったにない確率ってわけでもない……ボクの取るに足らない未練で臆病《おくびょう》な決断を賭《か》けるには、それぐらいがちょうどよかった。そして、ボクは五分の一の当たりくじを引いたってわけ」

そう言うと、ユキはゆっくりと目を閉じた。

「それで、後に戻れなくなって……仕方なく?」

「うぅん。この結果を引き当てられて、ボクは幸せだと思ってるよ」

ユキの額に押し当てられた銃口が、わずかに揺れる。

「だってボクは、アーニャと一緒に日本へ行きたかったんだから。ふたりじゃなきゃ、行く意味もなかった。そして、アーニャとふたりで猫を飼って暮らすんだ」

「————」

ユキはそれきり口をつぐんだ。

日没が近い原野には、乾いた冷たい風だけが吹き渡っていた。荒涼とした大自然と、マッチ箱のようにちっぽけな錆《さ》びた自動車《ジグリ》。ふたりの生命が、その中で音もなく揺れ続けている。

やがて、どれだけの時間が流れただろうか。

ユキの額から、ゆっくりとマカロフの銃口が離れていった。

「撃たないのかい、アーニャ?」

「私にユキを撃てるわけがない……どうせ、それもわかっていての計算づくなんだろう?」

悔しげに唇をかみしめ、ふてくされたようにアンナがつぶやく。

「そんなことはないさ。だってボクは、こんなとき迷わず撃てるようにアーニャを育て上げたつもりだからね」

「なんだって？」

「マインドコントロールというやつさ。それが《家》《ドーミク》から与えられたボクの仕事だったんだ。もっとも……アーニャに対しては不十分だったみたいだけど。はは、日本語を教えたりして仲良くなりすぎちゃったせいかな」

自嘲《じちょう》気味にそう言うと、ユキは閉じていた目を開いた。眼鏡の下の薄青の瞳と、アンナの黒に近い紺碧《こんぺき》の瞳が互いを映しあう。

「だから、アーニャ。ボクについてくる必要もないってことだよ。君を縛るものは何もない」

ぽつりと告げたその言葉に、アンナが虚を衝《つ》かれたように息を呑《の》む気配を見せた。

「それが、ボクの影響とは関係のない君自身の選択。君は日本へなんて行かずに、またあの《子供部屋》《ディエーツカヤ》へ戻ることだってできる。アーニャは、自由なんだ」

「自由……」

いつか、無意味な空想でしかないと断じたその言葉。アンナはそれを、かみしめるように反芻《はんすう》する。

長い沈黙が続いた。

いつしか車窓の外で、太陽はシベリアの地平線へと没しようとしていた。見つめあうふたりの横顔も薄暮の中で、黒いシルエットに沈んでいる。

——やがて。

「日本で飼う猫の世話は、ユキがやってくれ」

ぽつりと口を開いたアンナの顔を、ユキがのぞきこんだ。

「私はやっぱり、猫が苦手だ」

「じゃあ……」

「ユキと一緒なら、私も日本へ行きたいと思う。そこにユキがいないなら、《家《ドーミク》》にはもう帰らない。自由とかはわからないけど、それが私の正直な気持ちだ」

不器用な告白にも似た、アンナの言葉。

一息に告げられたそれを聞き、ユキは嬉《うれ》しさに満たされた笑みを浮かべた。

「ありがとう……自由が何なのかは、ボクだって実際には知らない。けど、それはやっぱり選択と切り離せないものなんじゃないかな？　成否は保証されず、失敗すれば悪い結果が返ってくるんだ。でも、その成功と失敗の集積が、ボクたちという人間を真に作り上げていくんだと思う」

「言葉の意味があまりわからないな……私は、ユキほど頭が良くはないから」

「要するに自分のしたいことをして、したくないことはしない……とても簡単なようでいて、徹底するのは難しいことさ。そして、息を吸うようにそれを自然とやっているのが猫なんだ。彼らは自分に嘘をつかないからね」

後部座席のシートをバリバリとひっかきはじめた猫を、ユキは目を細めて見やる。

そしてノンオイルのツナ缶を開けると、空腹をアピールする小さな暴君へ与えた。猫は猛然たる勢いでマグロのフレーク肉をむさぼり食っていく。車内に、カフカフという独特の咀嚼《そしゃく》音《おん》が響きはじめた。

「ボクたちが猫に惹《ひ》かれるのは、彼らが理屈じゃなく全身で表す自由への憧れがあるからなのかもしれない……もしかしたら、父さんが猫の向こう側に見ていたものも」

謎に包まれたままの、父の心。彼がなぜ猫をそばに置いていたのか、その理由にユキは思いを馳《は》せる。

そして、ふたりの逃避行は再開された。

ユキが運転するジグリは夜を徹して走り続けると、夜明けを前にしてガソリン切れで停止した。

「なんとかここまでもってくれたか……ふう」

ユキは車を降りると、前方に広がる針葉樹林に臨み大きく伸びをした。ぶあつい曇り空の向こうに、ぼやけたミルク色の弱々しい朝日が見える。

「この森を抜けたところに、逃走用の飛行機を用意した民間の小さな飛行場がある。そのまま一気にモンゴルの国境を越えてしまえば、もう《家《ドーミク》》が追っ手を向けても後の祭りさ」

アンナも車のドアを開け、氷点下の外気の中に出た。吐く息が白い煙となってゆらめく。

「ユキは本当に抜かりがないな。やっぱり、全部計算づくだったんじゃないか?」

「ははは、まだそんなこと言ってる」

すねたようなアンナの小さな頭を、防寒着のフードごしにユキはポンポンとあやす。

なおも納得のいってなさそうなアンナだったが、ユキがじっと見つめてくると困ったように視線をそらす。その頰《ほお》は、寒さとそれ以外の理由でリンゴのように色づいていた。

「さ、いこうよ」

「うん」

猫をコートの懐《ふところ》に入れ、ユキは森へ向けて歩きだした。

アンナもまたそれに続き、最初の一歩を踏み出す。

その瞬間、頰に火傷《やけど》するような熱さが走った。

「——ユキ?」

隣へ向けたアンナの視界に、ユキの胸から噴き上がる大量の黒い水しぶきが映りこむ。

暗い夜明けの光で黒く見える血液が、撃ち抜かれたユキの身体《からだ》からは飛び散っていた。

たん——凍えた空に乾いた銃声が遅れてこだまするより早く、アンナはすばやく身を伏せる。前方の樹間に、光を鋭く反射する鉄の銃口。

ユキの計画は破綻《はたん》した。《家《ドーミク》》の追跡部隊はすでにその逃走経路を割り出し、先行させた兵を飛行場へ伏せていたのだ。

「ほら……計算づくじゃないって、言っただろ……?」

仰向《あおむ》けに崩れ落ちたユキが、蒼《あお》ざめた唇でかすかに笑ってみせた。

「しゃべるな、ユキ。自分で動脈を押さえて止血するんだ。奴らは、私が片づけてくる」

一ミリも表情を変えぬまま、アンナはユキの手を患部へ導く。

そしてマカロフの銃把《じゅうは》を握ると、音もなく立ち上がった。


アンナは、一二人からなる追跡部隊を四分間で全滅させた。

最後の一人の頸動脈《けいどうみゃく》を三日月形のカランビット・ナイフでかき切ると、すぐさま森を出てユキの元へ駆け戻っていく。

ひと目見た瞬間、ユキがもう助からないことは判断できた。流れ出た血はあまりにも大量で、ワイン色をしたベッドのように広く身体の下に広がっている。

そのかたわらに屈《かが》みこみ、アンナはユキの顔に広がっていく死相をただ見下ろしていた。

「……どうしてなんだろう?」

戸惑ったように、アンナがぽつりとつぶやきをもらす。

「悲しくない——ユキは、私の友達なのに」

その言葉どおり、アンナの目に涙の光は見えない。その表情もずっと変わらないまま。頬《ほお》に飛び散ったユキの返り血と同じく、乾ききっていた。

「映画や小説やゲームの中だと、こういうとき人は涙を流して泣くものなのに。どうして私は、友達が死んでしまうのに悲しいとは思えないんだ……？」

不安そうなアンナの言葉を、死に際の苦しい息の下でユキはじっと聞いていた。

やがて、震える冷たい手がアンナの手をそっと握る。その不安を和《やわ》らげてあげるかのように、優しい力で。

「ごめんよ、アーニャ……」

「え……？」

死にゆく者に謝罪を向けられ、アンナがさらに戸惑いを浮かべる。

「それは、君のせいじゃない……ボクが君を、長い時間をかけて、そういうふうにしてしまったんだ……喜びも悲しみも自分から切り離した、冷酷非情の殺人機械《キラーマシーン》にね……だから、君が、泣けないのは、当然なのさ……」

「……………」

「でも……きっと、大丈夫……」

アンナをはげますように、ユキは手に力をこめる。けれど、それはわずかに指先が震えただけにすぎなかった。

「だって、アーニャは……ボクを、撃てなかっただろう……？　マインドコントロールは、絶対じゃないんだ……きっと、感情を取り戻せる。ボクは、君に、ずっと笑ったり泣いたりしながら、生きていってほしい——」

ポンプが詰まったような音をたて、ユキが肺から逆流した血を大量に吐いた。蒼白《あおじろ》い顔を侵す死の影がいっそう濃さを増していく。

「ねこ、が……」

ユキの瞳が焦点を失い、光がそこから消えていく。

残された命のひとしずくを振りしぼるように、ユキは木枯らしのように弱々しい声を唇からもらす。

「猫が、きっ、と……君が、失ったもの、を……取り戻して、くれる……だろう——」

ついにユキの呼吸音が止まった。アンナの足元で、その身体《からだ》は生命が揮発した蛋白質《たんぱくしつ》とカルシウムの塊へとその瞬間に変わっていた。

もう何も見てはいないスカイブルーの瞳に手をかざし、アンナはまぶたのカーテンを下ろさせる。

頬に冷たい温度を感じたのは、そのときだった。

ぶあつい曇り空から降ってくるのは、雪の結晶。

その名を持つ娘の死を弔《とむら》うように、それは音もなくはらはらと落ちてくる。

アンナが流せなかった涙の代わりであるかのように、雪はいつまでもやむことなく降り続けていた。


「今日ってなんか寒いねー。朝からずっと曇ってるし」

「マジで雪ふってきそう。ぜんぜん三月って感じしないよね」

休み時間。

教室のガラス窓の向こうには、鉛色に重く垂れこめた曇り空がひろがっている。

ユキが死んだあの朝も、空はこんな色をしていた。

あの日から、およそ一〇日近くが経《た》つ。

私ことアンナ・グラツカヤはユキとふたりで使用するはずだった逃走経路を使って、日本へ密入国した。そして、ユキの遺《のこ》したスマートフォンを介して《コーシカ》なる協力者と接触。事情を説明し、その指示のまま国内を鉄道で移動しこの町へ入った。

指定された住居の鍵《かぎ》を駅前のレンタルボックスで受け取ると、用意された部屋には精巧な偽造パスポートと偽造外国人登録証が用意されていた。二人分のうち私のぶんだけを受け取ると、すべての準備は完了。《コーシカ》の手配の下、私は実年齢にしたがって地元の女子高に編入することになった……という次第だ。

《コーシカ》については正体不明で、その本名すら私は知らされてはいない。だが公的な手続き上で私の身元保証人を務めているのだから、それなりにまともな生活基盤を持つ市民であるのは間違いないのだろう。

私は読書を止め、文庫本を閉じる。ユキのことを思い出したせいで、集中力が切れた。

読んでいたのは、《コーシカ》から送られてきた例の「課題図書」の一冊だ。

ポール・ギャリコ著『猫語の教科書』。原著ではなく、九〇年代に出版された日本語訳の文庫版だ。鮮やかな黄一色のカバー表紙の中心に、前足の肉球でタイプライターを打つ猫のモノクロ写真が印象的な装幀《そうてい》。

内容は、この表紙の写真が物語っている。ばかばかしいことに、このエッセイは猫が書いたという体裁で通されているのだ。作者は七〇年代末に没したアメリカ人の小説家だが、救いようのない猫バカだったことだけは間違いあるまい。

この本を読んでいると、猫という種族についての偏見を私は強めざるをえない。

つまり、いかに自分の魅力に自覚的であり、人間を利用して快適に生きるというたくらみに余念がない連中かということを。

そしてうすうすと感じていたことだが、猫はやはり人間になついたり飼いならされたりはしない生き物だということがあらためてわかる。

じゃれついてくるのはあくまで自分が暇だからであり、一緒に暮らすのはおいしい食事が出てくるから。そこには犬のような、飼い主を一途に慕ういじらしさなど欠片《かけら》もありはしない。

ユキが連れていたあのロシアンブルーの猫も、あのあと結局見つかることはなかった。殺された飼い主の亡骸《なきがら》を置いて、さっさと森の奥にでも逃げ去ってしまったのだろう。

あのこともやはり、猫ならではの冷淡さを感じてしまう出来事だった。もしも犬だったら、飼い主のそばでじっと寄り添って目覚めを待ち続けるようなイメージがある。実際、日本にはそういう忠犬がいたというエピソードがあるらしい。

「……まあ、元気に生きているならそれでいいが」

曇り空のはるか西の彼方《かなた》、ユキの猫が消えたシベリアの森に私はつかの間だけ思いをはせた。


昼休み。

私は最近、松風《まつかぜ》小花《こはな》に誘われるままクラスメイトたちと昼食をとるのが習慣となっていた。

作法にならって互いの机を合体させ、購買部で買ってきたコロッケパンをオレンジジュースで流しこむように黙々と食べる。

「どっすか、アーニャさん？　そろそろこの学校にも慣れてきたかな？」

そう訊《き》いてきたのは、私より二五センチも身長が高い梅田彩夏《うめださやか》。運動部員である彼女の消費カロリーは高く、弁当箱も辞書のようにぶあつい。

「うむ。問題ない」

「アーニャって、いつも休み時間に本読んでるよね。読書家なんだー」

「うちら漫画しか読まないもんな。字だけの本読むとか、なんか尊敬しちゃいそ」

「日本語の語彙力《ごいりょく》、絶対ウメよりありそうだよね。アーニャって」

「おいっ。エリだって人のこと言えんやろがい」

「そうでしたー」

派手な髪色の竹里絵里《たけさとえり》と梅田が、何がおかしいのか顔を見合わせけらけらと笑う。

学校という場所に転入してきて思うのは、この国の少女たちはとにかく楽しそうに笑うということだ。特別に面白い冗談が飛び出すというわけでもないのに、とにかく笑いが絶えない。

そういえば、人々が笑っている場所には幸福が訪れるといった意味のことわざも日本にはあると聞く。

「あ、そういえば。こないだはお店にきてくれてありがとうねえ、アーニャ」

ランチボックスの中に並んだ小ぶりなおにぎりを口に運びつつ、よけいなことを思い出した小花が笑みを浮かべる。

「えっ。お店って、小花んちの猫カフェに？」

「なーんだ。やっぱりアーニャさん、猫好きだったんじゃーん！　このツンデレさんめ～」

案の定、その話を聞いた竹里《たけさと》と梅田《うめだ》にいじられてしまう。もはやこれで、私の猫好きキャラは完全に定着する方向になりそうだ。

「てゆうか今の小花《こはな》の言い方、いけないお店のお姉さんみたいでエロくなかった？」

「でゅはっ、なにそれレズ風俗かよ！　コハっちのキャラと似合わね～」

またしてもにぎやかな笑い声を上げている二人をよそに、小花は弁当箱から箸《はし》で冷凍食品の唐揚げを一個つまんだ。

「アーニャ、パンだけで足りる？　良かったらこれ食べて。おいしいよお」

そして、あろうことかそれを隣の私へと差し出してきたのだった。

これを食べろということは、つまり……

「はい、あーん」

――やはり、そういうことなのか。

ままごとみたいで恥ずかしいこと極まりないが、断って好意を無にすることもできそうにない流れだ。

小花の差し出した鶏の唐揚げは、私と彼女の中間距離で完全に静止している。それをはさんだ彼女の箸もまた、不退転の決意を示すかのように宙空で不動。

私はもう一度、小花の顔を見た。

彼女の優しげな瞳は何ら他意を感じさせることもなく、ただ純粋な光をたたえている。

その目を見てしまった以上、もはや私に敗北を受け入れる以外の道はなかった。

「……はむっ」

大きく口を開け、パン食い競争のように唐揚げをほおばる。小花の箸に私の唾液《だえき》が付いてしまった気がするが、この場合は仕方あるまい。

「ふふっ。おいしい？」

「もぐ、もぐ……う、うむ。問題ない、いや……美味かもしれない」

味は正直、混乱していて良くわからなかった。

ただ無性に顔と耳が熱い。脈拍は、マカロフ拳銃一挺《いっちょう》で二二人の敵を迎え撃ったあのときよりも大きく乱れていた……


帰宅後の夜。

またしても視線を感じた私は、反射的にサッシ窓のほうを向いていた。

「おまえ、また……」

予感は当たり、ベランダには一匹の猫が音もなく訪れていた。

この前やってきたのと同じ、こげ茶と白のハチワレ模様。

今度は手すりの上を通過するのではなく、わざわざベランダに降りてきてこっちを見ている。あの、前足をちょこんとそろえて背筋を伸ばした猫特有の待機ポーズだ。アーモンド形の黄色い目は、じっと何かを期待するように私を見ていた。

「…………」

私はゆっくりと窓辺に近寄ると、サッシ窓をゆっくりと開く。

すると、やや間を置いてから猫はぬるぬると隙間《すきま》から部屋の中に入ってきた。

「はっきゅ！」

とたん、猛烈《もうれつ》な痒《かゆ》みが目と鼻の奥からこみ上げてきた。

私がくしゃみをすると、猫は驚いたのか目をまん丸に開いてこちらを仰ぐ。だが逃げ出しはせず、部屋の中を探検するかのようにゆっくりと歩きだした。それを横目に、私はティッシュでハナをかむ。

猫に生活空間へ侵入された違和感に戸惑いつつも、私はひとつの可能性を脳裏に描く。

――これはもしや……チャンスなのか？

このまま、猫が部屋に定着するかもしれない。

あくまで私個人の意向とは異なるが、《コーシカ》からは飼えるなら早々に飼ってしまうように指示を受けている。首輪はしていないので、どこかの家の飼い猫でもなさそうだ。

さしあたっては、食事を与えてみることにした。こういう展開もあろうかと、キャットフードの買い置きはしてあったのだ。

パックの封を切り、使い捨ての紙皿にフードを投入。そしてフローリングの床に置くと、距離をとって見守る態勢に入った。

果たしてこげ茶のハチワレ猫は、においでそれに気づいたようだ。ぽてぽてと慎重に足を運び、紙皿に顔を近づけにおいをかぎはじめる。

猫はやたらと物のにおいをかぐが、嗅覚《きゅうかく》で多くの情報を判断しているかららしい。すぐに食べられることを確認したのか、カフカフとかぶりついてはドライフードの粒を咀嚼《そしゃく》していく。よほど空腹だったようだ。

それを見ていると、猫もまた日々を必死に生きているのだなと妙に感じ入ってしまった。

やがて猫が紙皿のフードを完食した。満ち足りたハチワレこげ茶は、座りこんで自分の体毛をなめはじめている。リラックスしたときの仕草だ、ということはすでに知っていた。

私はそっと猫に近寄っていく。

そして、標的を暗殺するときのように細心かつ精妙な動きで右手を伸ばしていった。

とりあえず、猫をなでる。

それが私の果たすべき、現在最大のミ、ッ、シ、ョ、ン、なのだ。

しぺしぺと毛づくろいに余念がない猫の頭まで、あと一〇センチ……五センチ……

「ッッ」

いきなり猫がこちらを向いた。微細な空気の揺れを察知したとでも言うのだろうか。

そしておもむろに立ち上がると、トコトコと歩きだしていってしまった。

「あ……おい……」

猫はこちらを一度も振り返らなかった。迷いのない足どりでサッシ窓の隙間《すきま》からベランダに出ると、手すりへ飛び乗り立ち去っていく。

さっきまで、そのまま居つく勢いでリラックスしていたというのに……猫の心理は自由で謎めきすぎていて、私にはまったく理解できない。

「結局また、なでられもしなかったな……」

猫の去った部屋の床には、空になった紙皿だけがぽつんと残されていた。

今さらながら、ひとりで暮らすこの部屋の広さをしみじみと持て余す。

——やっぱり、ユキがいてくれたらな。

ため息を夜空へ逃がし、サッシ窓を黙って閉めた。

自由の意味も猫の心も、私がわかるようになる日は遠そうだ。

Mission.4

小花日和

朝から良く晴れた土曜日の、昼下がり。

わたし——松風小花《まつかぜこはな》は明るいレモン色のキャリーバッグを胸にかかえ、電車に揺られていた。

両腕で大事に抱きしめるバッグの重さは、約六キロと少々。

透明なプラスチックのドーム窓の奥からは、毛足の長い大柄な猫が香箱座《こうばこずわ》りでわたしの顔を見上げている。

「また数値が悪くなっちゃったねえ。いつものおやつ、今日はあげられないや……モーさん、ごめんねえ」

黄緑色の目を見て話しかける。わたしの声は、自然と悲しくなってしまった。

一七歳のモーさんは、慢性腎不全を患《わずら》っていた。老猫の多くがかかってしまう病気だ。

猫の腎臓機能は、人間やほかの動物とは違い回復のための遺伝子を持っていない。そのため、一度腎臓を病むと完治はできないらしい。

人間でいう糖尿病と同じように、投薬と食事療法で気長に付き合っていくしかないのが猫の腎臓病だ。

猫が嫌がる病院通いの帰りには、モーさんが大好きな『ちゅーる』のとりささみ味をごほうびにあげるのがお約束。けれどもう、それも気軽に食べさせてあげられないのがかわいそうで仕方なかった。

二駅離れた動物病院からの帰り。わたしは地元駅の南口を出ると、商店街のアーケードにテナントしているチェーンのドラッグストアへ立ち寄った。

「あら。いらっしゃい、小花ちゃん」

いつもの店のエプロンをつけて品出しをしていた久里子明良《くりすあきら》さんが、わたしを見ると笑顔で迎えてくれた。今日は学校が休みなので、明良さん目当ての女子高生たちの姿もなく店内は落ち着いている。

「モーちゃん、病院の帰り？」

「はい。血液検査してもらって、お薬ももらってきたんですけど……あんまり数値が良くなくて。体調管理には気をつけてたつもりだったのに……」

そう告げると、明良さんも察したように表情を引き締める。

「こういう病気は、猫ちゃんも飼い主さんも大変よね……でも、モーちゃんには長生きしてもらわないと。『松ねこ亭』の最年長猫ちゃんとしてね」

「はい……それで、ごはんもこれからは色々変えていかないといけなくて。何か病気に良さそうなものはありますか？」

明良さんは店員としての顔に戻ると、健康食品の棚へ行き商品のひとつを手に戻ってきた。

「α－リノレン酸っていう成分が、腎臓疾患の進行を抑えるのに効くそうなの。それが多く含まれているのがエゴマ油なんだけど、これはそのエゴマ油由来のサプリメント。人間用だけど、猫に与えても問題ないものよ」

「エゴマ油……ですかあ？　ゴマ油の親戚みたいな？」

「うふふ。よく言われるけど、ゴマよりはシソに近い植物のことだそうよ。あとはとにかく、意識して水分を摂《と》らせることね。基本だけど、結局それが一番」

「わかりました。じゃあ、それください」

「はーい。毎度ありがとうございます」

ＰＯＳレジで商品の会計をしてくれながら、明良《あきら》さんはふと思い出したように。

「そういえば、アーニャちゃんは元気？」

「あ、はい。なんかもう、学校にも慣れてきたって言ってました」

「そう。アーニャちゃんがうらやましいわね」

ふいに言われた言葉の意味がわからず、わたしはついキョトンとした反応をしてしまう。なんか猫っぽいな、と自分で思った。

「小花《こはな》ちゃんみたいに素敵な子と、毎日学校で勉強したり遊んだりできるんですもの。私も高校時代に、小花ちゃんみたいな友達がほしかったな」

素敵――まさか憧れのお姉さんから、そんなふうにほめられるとは。

頭が真っ白になった瞬間、明良さんからそっと指先を握られる。心臓が飛び出しそうに大暴れしてしまう。

「――っ」

「はい。二五円のお返しです」

「あっ……はい」

上を向いた掌《てのひら》にレシートと釣り銭を乗せられ、ようやくわたしは我に返った。そうだ、ただの会計だ。いつもこうやって丁寧《ていねい》にお釣りを渡してくれるのを、今になって思い出す。

（でも、普段より意識しちゃうよお……）

顔は耳まで熱くなっている。その中で互いの手が離れていき、明良さんの怪訝《けげん》そうな顔にようやく気づく余裕が生まれた。

「どうしたの？」

「いえ、あのお……そんな、素敵なんて。わたしなんて、よくアホっぽいとか言われますし」

「うぅん。小花ちゃんっていつも明るいし、私も接客していて逆に元気をもらってるもの」

モーさんの病気で意気消沈していたのも忘れ、夢見心地になってしまう。わたしは落とさないように注意しながら、受け取った小銭をウォレットにしまった。

「あはは……元気かあ。わたしの取り柄なんて、それぐらいですしねえ。アーニャや明良さんみたいな美人さんなら良かったのに」

「なに言ってるの。小花ちゃんだって、アーニャちゃんに負けないぐらい魅力的よ？」

「あはは。明良さんに口説かれちゃったあ」

冗談めかして笑いに持っていった。そうしなければ、あまりの破壊力に血を吐いて死んでいたかもしれない。

もう天にも昇る心地を通りこして、地球を一周して地面に突き刺さるぐらいのレベルでいたたまれなかった。推しアイドルからのほめ殺しがオーバーキルすぎる。

「じゃあ、お大事に」

そう言って、商品の入ったポリ袋を手渡してくれる明良《あきら》さん。その顔にはいつもどおりな、店員さんとしての接客スマイルがあった。

思わずほっと胸をなで下ろし、ロボットみたいにぎこちない足どりで店を出てゆく。

ようやく動悸《どうき》が落ち着いてきたのは、帰り道に河川敷の突堤《とってい》にさしかかったころ。

「モーさん、なんか自分だけ浮かれちゃってごめんねえ。寄り道したけど、もうすぐお家だからねえ」

胸に抱くキャリーバッグの中から、モーさんは良く晴れた三月の青空と土手の景色をながめていた。

黄緑色の瞳は、ただ無心に春が芽吹きゆく世界を見つめている。その横顔を見ていると、胸に切ない痛みがぎゅっと走った。

猫とのお別れを経験したことは、何度かある。

家族が道端や公園で保護してきたたくさんの猫の中には、もうその時点で長く生きられそうにない子たちもいた。怪我《けが》や病気で弱りきり、看病の甲斐《かい》なく息を引き取ってしまう小さな命。

わたしも幼いころから、そうした保護猫たちとのお別れに立ち会ってきた。そのたびに何度も泣いた。

けれど、モーさんとの付き合いはそうした子たちとは長さが違う。

わたしが生まれたとき、すでに家には彼女がいた。それからずっと、何をするにも一緒だったのだ。

赤ん坊のころの写真や動画を見ても、わたしの隣にはいつでも今より小さいモーさんが写っている。モーさんがいない人生を、わたしは経験していない。

「二〇歳こえて長生きしてる猫も、今は多いもん。モーさんだって、まだまだ大丈夫。ね？」

プラスチックの小窓ごしに話しかけると、モーさんは一瞬だけ真面目な顔で聞いていたけど大口を開けてくぁーとあくびをする。

豪快でのんきないつもの大あくびっぷりに、わたしは自然と心がなごんでいくのを感じていた。

家に帰ると二階へ上がり、キャリーバッグからモーさんを出してあげる。それから、たっぷりと背中側のお肉のマッサージをはじめた。たちまちモーさんが、車のエンジンみたいな重低音で喉《のど》を鳴らしはじめた。うっとりしたように目を閉じている。

「じゃあ、お店手伝ってくるねえ」

モーさんがリラックスした頃合いを見て、わたしは店員用のエプロンを手に立ち上がった。

廊下を猫たちが行き来する中、エプロンを着け一階へ降りていく。

「アーニャ！　また来てくれたんだあ」

猫カフェ空間に改造された大広間には、ロシアからやってきた銀灰色の髪をした少女——アーニャの姿。

アーニャは、湯気のたつココアラテのカップを小さな両手でささげ持つようにしている。そして、キャットタワーや畳の上で気ままに振る舞う猫たちを見つめていた。

幼さを感じるカップの持ち方や座布団にあぐらをかいたラフな座り方が、不思議と人形みたいな美貌《びぼう》とマッチしているような気がした。

「小花《こはな》か。今日は朝から出かけていたと聞いていたが」

「病院まで行ってたの。今帰ってきたとこ」

「どこか具合でも悪いのか？」

体調を心配してくれた嬉《うれ》しさを感じつつ、わたしは首を横に振る。

「ううん、動物病院のほうだよお。モーさんの健康診断でね」

すると、そう答えたタイミングに合わせたかのように。

階段を、トストスと一階へ降りてくる足音が聴こえてきた。

「あっ、モーさん」

白と黒の牛柄サイベリアンは、わたしの足元をすり抜け大広間へ入ってくる。

そして……

「あっ、また」

以前と同じくアーニャのほうへ歩み寄っていくと、座ったお尻を枕にしてどてっと大きなサイベリアンボディを横たえたのだった。

「……この巨大な猫は私をクッションだと認識しているのか？」

複雑そうな表情で、アーニャがモーさんを見下ろす。その様子がおかしくて、思わず吹き出してしまった。

「笑いごとではないぞ、小花」

「あははは、ごめんごめん。でも、ほんとにアーニャになついてるなあ。最近は疲れやすくなってるし、めったにお客さんの前には出てこないんだよ？」

「なつかれて……いるのか、これは？　むしろ、人間として見られていないのではないのか？」

困惑するアーニャをよそに、モーさんはペロペロと手の肉球をなめてから、その手で顔を洗いつつ毛づくろいをはじめている。

「完全にリラックスしてるねえ、モーさん」

わざわざ二階から降りてくるぐらいだ。よほどアーニャとの相性がいいんだろうか。

「アーニャ、アレルギーは大丈夫？」

「問題ない」

そう答えつつハナをかむアーニャ。目も赤くてつらそうにしか見えないのだが、強がりというわけでもなく普通に振る舞っている。

わたしは最初、猫アレルギーなのに猫と触れ合いたがるアーニャを超のつく猫好きな人なんだと思っていた。

でも最近、そういうのとはちょっと違うような気もしている。

ただ好きとか嫌いじゃなく、何かの義務感というか使命感というか……とにかく、そんな強い意志をもって猫に立ち向かっているみたいな。

それに……

「…………」

くつろぐモーさんに黙って身をまかせるアーニャの横顔。それを見ていると、どうしてか切なさがこみ上げてくるのを感じる。

何か大切な思い出にふけっているみたいな遠い目を、猫と触れ合うときのアーニャはときどき浮かべている。わたしは、その眼差《まなざ》しがとても素敵だと思っていた。

「ひゃっ」

ふいに、すっとんきょうな声が上がった。アーニャだ。

座ったまま下を見て、びっくりしたように身をすくませている。その手を、モーさんがピンクの舌でぺろぺろとなめていた。

「ま、まさか、今度は私を食べものだと思っているのか……？」

「あはは、違うよお。アーニャのこと、毛づくろいしてくれてるんだよ」

猫にとって毛づくろいは、快適に過ごすために欠かせない習慣だ。それをわざわざ他人のためにやってくれるのは、相手に親しみを感じているから。もしかしたら、わたしの仲間や家族だと思っているのかもしれない。

「そういえば、この猫は病気を患《わずら》っていると言ったな。それは重いものなのか？」

「もう年寄りだし、それなりにはね。でもしっかり体調管理をして、少しでも長生きさせてあげることはできると思うんだ」

「そうか――」

モーさんを見るアーニャの瞳が、また遠くを見るような光を浮かべた。

アーニャは今どんなことを、誰のことを考えているんだろう？

猫は、人間の気持ちがすごくわかる生き物だ。わたしも猫になれば、アーニャの心の中がわかるのかな？

もっと、この不思議な女の子のことが知りたい。その気持ちが、前にも増して強くなってくるのをわたしは感じた。

「ねえ、アーニャ」

「なんだ？」

「アーニャって今、誰とおうちに住んでるの？　やっぱりお父さんお母さんと？」

「独り暮らしだが？」

「えーっ。大丈夫なのお？　なにか困ってることとかない？」

アーニャにとっては外国での生活な上に、高校一年生の女の子が独り暮らしだなんて。びっくりして、思わずそう訊《き》いてしまった。

「いや、何も問題はない。心配は無用だ」

「ご両親はどうしてるの？」

気のせいか、アーニャから少し言いよどむような雰囲気を感じた。

「私が日本へ来たのは、父親が日本企業にヘッドハンティングされて、その縁で知り合った日本人女性と再婚したからなんだ。私は父親の連れ子なのだが、その……再婚相手の女性とは少々折り合いが悪くてな」

「ああ……」

その先の話は、聞かなくてもなんとなく理解してしまった。質問したことを少し後悔する。

「両親は県庁所在地で暮らしているのだが、父親が再婚相手と娘の双方に気をつかってな。私だけが、希望した女子高のあるこの町に独居することになったというわけだ」

県庁所在地の駅は、この町から私鉄とJRを乗り継いで一時間ちょっとの距離。それほど遠く離れているというわけでもない。

「なんかごめんねえ。家庭の事情に立ち入っちゃって」

「気にする必要はない。当然の疑問だろう」

クールに答えるアーニャの言い方がかっこよくて、思わずキュンとなってしまう。

やっぱり、この子のことをもっと良く知りたいな。

「ねえ、今度アーニャの家に遊びにいってもいい？」

その気持ちのまま、ちょっとだけ勇気を出して言ってみた。

誰かと仲良くなりたいなら、最初の一歩は自分から踏み出さなきゃあね。

「――――」

アーニャの表情が一瞬、宇宙猫《スペースキャット》みたいになったように見えた。

「あ、ごめんね。都合悪かったらナシでいいんだよお？」

「……いや、問題はない」

でもすぐに、いつものクールでかっこいいアーニャに戻る。さっきの顔はわたしの見間違いだったかもしれない。

「じゃあ、約束ねえ。指切りしよ？」

アーニャの部屋へ遊びにいくことを想像しただけで、ワクワクしてきて嬉《うれ》しくなった。浮かれた気分で右手の小指をさしだす。

わたしの小指をじっと見つめたあと、アーニャがごくりと唾《つば》を飲みこんだ。喉《のど》が渇いたのかな？

「……了解した」

それから、そろそろとぎこちなくアーニャの右手が動く。小指を一本だけ立てて。

びっくりするほど真剣な表情のアーニャと、小指と小指をキュッとつなぐ。

「ゆーびきーりげんまん！　うふふふふっ」

テンションの上がったわたしは、ぶんぶんとお互いの手を振って約束を交わしたのだった。


帰宅後の夜。

私——アンナ・グラツカヤは浴室のバスタブに浸《つ》かりながら、湯気の中で右手の小指をじっとながめていた。

（まるで、ふいに銃口を突きつけられたかのようだった……）

私に向けられた小指と、そこに乗せられたまっすぐな小花《こはな》の好意。そのベクトルとエネルギーの純粋さは、不慣れな私にとってはまさに弾丸にも等しい。

そして案の定、私に抵抗するすべは存在しなかった。

松風小花《まつかぜこはな》。あの善意のかたまりのような笑顔は、私にとってはただひたすらに脅威だった。

どんどん武装解除されていくような気分になる。

どうしてあんなにも物怖《ものお》じせず、他人とコミュニケーションを結ぶことを恐れないのだろう。

けれど……

（もしも私が――血と殺戮《さつりく》の世界に生きる住人だと知ったなら）

あの太陽のような笑顔が、かげったりもするのだろうか。

想像すると、胸の奥に理解不能の小さな痛みがどうしてか生じるのを感じた。

私はその小さな痛みをごまかすように、バスタブの湯に頭まで深くもぐる。

口をついて出たため息が、ぶくぶくと湯に浮かぶ泡となっては弾《はじ》けていった。

Mission.5
《コーシカ》来襲！

月曜の朝。朝食を済ませ制服に着替えているときに、スマートフォンが通知音を鳴らした。画面を見ると新着メッセージの通知が表示されている。この番号に連絡をしてくる相手は、現状ただ一人にしか心当たりがない。

そう、《コーシカ》だ。

アプリをのぞくと、果たして相手はその謎多き協力者だった。文面に目を通してみる。

Кошка『おはようございます。ところで、アーニャが日本へ来てから今日で一〇日目になりますね』

私はなんとなく嫌な予感を覚えた。それを裏付けるかのように、続く文面が着弾する。

Кошка『しかるに、状況はまったく楽観的とは言えません。例の同級生を部屋に呼ぶ約束を取り付けた件はともかく、通い猫の件に関しては目も当てられない進展具合です。たかが猫をなでるだけの第一関門すら、なぜいまだに越えられていないのでしょうか？　猫を飼うことを拒否する意図のサボタージュである可能性すら、私は疑っています』

私の予感は的中した。どうやら《コーシカ》はご立腹のようだ。文面をとおして、相手のイライラ具合が伝わってくるかのようだった。

しかし、欺瞞工作《サボタージュ》については言いがかりもはなはだしい。そんなことをすれば、やがて死ぬのは私自身のほうなのだから。

Кошка『かくなる上は、私自身が直接出向いた上でアーニャと対面し、状況の改善をはかりたいと思っています。本日の夕刻に来訪しますので、放課後は寄り道をせず帰宅してください』

「なんだと？」

なにやら大事になってきた。

この文面を見る限り、業《ごう》を煮やした《コーシカ》はとうとう正体不明のベールを脱いで私の前に姿を現すつもりらしい。

今後について、緊急会談の場を設けるということか。どうにも大げさな気がするが、《コーシカ》の正体には私も興味がある。一度、その姿を見ておくのもいいだろう。

私はスマートフォンを通学バッグにしまうと、靴をはいてマンションの部屋を出た。


そも、《コーシカ》とは何者か。

ロシア語で猫を意味するコードネームを持つこの協力者は、ユキいわくこの町に居住する日本人だということだ。

そして、資産家の女性らしいということ。ユキの身に何かあった場合は、殺人ウィルス《血に潜みし戒めの誓約《クローフィ・クリャートヴァ》》の研究や残された私の後事についてすべてを引き継ぐという契約がなされていた。

見返りは、抑制剤やワクチンの独自開発が成功した際に生じる利益の独占らしい。ただこの取引、リターンに比べて先行投資のリスクが大きすぎるのではないかと思う。

「次、グラツカヤさん」

何より、ユキとはどういう関係であるのかを私は知らない。それもあって、結局は何が真の目的なのかがわからない不気味さを感じてしまうのが正直なところだ。

「アーニャ、アーニャ」

ふいに、隣の席の小花《こはな》のささやく声が耳を打った。

隣に目を向けると、小花は口元に手を当てて何か注意をうながしてくる様子。

「先生に呼ばれてるよぉ……?」

黒板のほうを見ると、眼鏡の女性教師が私のほうをにらんでいた。こちらも今朝の《コーシカ》同様、少々ご立腹のようだ。

「グラツカヤさん。呼んだのが聞こえませんでしたか？　高村《たかむら》さんの続きを読んでください」

しまった。考えごとをしていたせいで、授業にまったく集中していなかった。今は三時間目、現代国語の授業中だ。しかし、教科書のどこを読めばいいのかわからない。

困っていると、小花が教科書をかざして私のほうへと示してくる。

「九二ページのお、二〇行目から二六行目だよ」

そして、ささやき声でそっと教えてくれた。小花にうなずきで礼を返すと、私は教科書を手に立ち上がる。

「叢《くさむら》の中からは、暫《しばら》く返辞が無かった。しのび泣きかと思われる微《かす》かな声が時々洩《も》れるばかりである。ややあって、低い声が答えた。『如何《いか》にも自分は隴西《ろうせい》の李徴《りちょう》である』と……」

指定された範囲の朗読を終えると、教師が着座を許可した。私は椅子に腰を下ろす。

「グラツカヤさん。せっかく日本語がお上手なんですから、授業はきちんと聞いていてください。わかりましたね？」

「はい。以後、注意します」

「それから松風《まつかぜ》さん」

「は、はいっ」

「お友達を助けるのはいいことです。しかし、友情と甘えを一緒にしてはいけませんよ？」

「すいませんでしたあ」

私のとばっちりを受けた小花が、恐縮してへこんでいる。私の不注意のせいで、彼女に悪いことをしてしまったようだ。

周りの生徒にからかわれて苦笑いを浮かべる小花《こはな》をよそに、私は国語教師の言葉や雰囲気に既視感を覚えていた。

(《コーシカ》の文面にそっくりだな)

理路整然と相手を詰める厳しさと、同時にフォローする懐《ふところ》の深さ。意識すればするほど、両者の対応は似ているように思えてきた。

放課後に対面する予定の《コーシカ》も、おそらくはあんな雰囲気の中年女性なのだろうか?

今度は授業の内容にも耳を傾けつつ、まだ見ぬ来訪者の面影《おもかげ》を私は想像した。


放課後のチャイムが鳴る中、私は教科書とノートを通学バッグにしまいこむ。

「アーニャぁ。帰り、小花んちのカフェでお茶してかない? にゃんこモフりながらさ」

「久々に猫さんモフりたい欲がやべえわ〜。アーニャさんも寄ってくっしょ?」

さっそく帰ろうとすると、竹里《たけさと》と梅田《うめだ》が誘いを向けてきた。

「すまない。今日は外せない用事がある」

「ありゃ。じゃーしょうがないね、また今度ってことで」

「じゃあね、アーニャ!」

手を振る小花にうなずきを返すと、私は教室を後に廊下へと出ていく。下校ラッシュの混雑を急ぎ足で突っ切るが、巧みな予測回避と足さばきによって誰ともぶつからずにすり抜けていった。そして、最速で靴箱まで到達する。

帰り道の間も、意識は《コーシカ》との対面に傾いていた。地元の駅を降り、マンションの部屋に帰りつくまで約一〇分。

帰宅後は、着替えず制服のまま待機することにした。初対面だし、さすがに部屋着で応対するのは非礼に当たるだろう。

果たして、それから三〇分ほどの時間が流れ……部屋のインターホンが鳴らされた。

リビングの液晶モニターに、一階エントランス前で私の部屋番号を呼び出した来訪者の姿が映し出される。

「……ん？」

そこには、小さな女の子がいた。

小さなというのは物理的な背丈のみならず、年齢が幼いということだ。

背中にしょっている薄紫色のバックパックは、この国では六歳から一二歳までの児童が通学に使用するランドセルというものだった。

ぱっちりした目鼻立ちはすでに美人と呼べるほど整っているし、つややかなストレートのロングヘアも大人びてはいるが……どう見ても、来訪者は一〇歳前後の少女にしか見えはしない。

「どちらさま？　お部屋を間違えちゃったかな？」

私は子供向けの優しい口調で応対する。

すると、モニターに映る少女の顔が不機嫌そうに曇った。

『はあ？　ちゃんと来訪のアポは取ったでしょ？　さっさと部屋に入れなさいよ』

「どういうことだ？」

言葉の意味が理解できず、思わず素に戻って訊《き》いてしまう。

少女が深いため息をつき、軽く舌打ちをもらす。

『言ったとおりの意味よ。日本語は完璧なんだから、人の言ったことはちゃんと覚えてなさいよね』

うんざりしたような少女の返事に、私は昼間の国語教師の言葉を思い出した。そして私自身が、その教師と誰を重ね合わせていたのかも。

（まさか）

一瞬、ありえない思考が浮上した。

正体不明の協力者《コーシカ》。この町に住む資産家の女性。

だが――年齢はいくつだ？

『猫の件で話があるって、今朝メッセージで伝えたでしょ？　同じ話を二度訊かなきゃ理解できないほど無能なわけ？　それでよく組織から逃亡できたわね』

そして少女が口にしたのは、私とその相手だけが知っているはずの内容だった。

つまり……

「君が……《コーシカ》だというのか？」

信じがたい事実を、信じがたい気持ちのまま言葉に乗せる。

モニターの中の少女は、ただ不敵な笑みを浮かべていた。


「なにこの部屋？　刑務所？」

私の部屋をひと目見るなり、《コーシカ》を自称する少女は呆《あき》れたようにそう吐き捨てた。

「殺風景にもほどがあるでしょ。とても花のＪＫが暮らす部屋じゃないわよ」

「そんなことより」

私は少女の全身を観察しつつ、依然として解けていない疑問に向き合う。

「そもそも、君はいくつだ？」

「小学四年生。早生まれだから九歳よ。もうすぐ一〇歳になるけどね」

「そんな幼い少女が私の国外脱出をサポートし、この住居の用意をするなどの資金援助が可能だったとはとても思えない。本当は何者で、どういうつもりで私に近づいたんだ？」

冷徹な私の視線と声にも動じず、少女はこちらの顔を見上げる。

「外見で人を判断するタイプ？　まあいいわ。でも、それを言ったらアーニャだって同じでしょ？　どうやったって、ロシアの犯罪組織でトップクラスの暗殺者には見えないもの」

「む……それは、そうだが」

なかなか的確な返しをしてきた。確かに、頭の切れは子供らしからぬものがある。

「ネットで株証券取引《デイトレード》をやっているのよ。それなら別に、小学生がそれなりの資産を築いていたっておかしくはないでしょ？」

怪しげな言い分だが、一応の筋は通っている……のかもしれない。

「では、少しだけ質問をさせてくれ。そのすべてに答えられたら、君を《コーシカ》として信用することにしよう」

「ふん、なかなか用心深いわね。ま、いいわよ。なんでも訊《き》いてちょうだい」

私は順番に、ユキや私に関する質問を少女に投げかけていく。そのすべてに、少女はよどみなく完璧な回答を返した。

「……どうやら、君が《コーシカ》であることに間違いはないようだ」

思いつく限りの確認手段は講じた。こうなっては、この少女を《コーシカ》として認めなければらちが明きそうもない。本当は納得がいっていないのだが……

「疑いは晴れた？　じゃあ早速、家具を注文しなきゃあね。えーと……」

《コーシカ》はランドセルと荷物を床に下ろすと、自分のスマートフォンを操作しはじめた。

今になって気づいたが、不自然なほど荷物が多い。

「待て、なにを勝手に……それに、持参したそのスーツケースはなんだ？」

「着替えとかゲームとか色々よ。あと今日からあたしも一緒に住むんだから、必要なものも増えるでしょ。とりあえず、ベッドはもう一組追加しなきゃだし」

さらりと、《コーシカ》はとんでもない発言を吐き出した。

「なっ……一緒に住む、だと!?」

思わず聞き返した私に、少女は「当然でしょ？」とこともなげに返す。

「あんたのあまりのポンコツぶりに、さすがのあたしも堪忍袋《かんにんぶくろ》の緒《お》が切れちゃったわけ。スマホ越しの指示じゃもう、もどかしくて。これからは一日二四時間、猫を飼えるようになるまでは常に口出しするからね？」

そして、あまりにも一方的にそう宣言するのだった。しかし、スポンサーでもある《コーシカ》の意向である以上は受け入れるしかない。

ネット注文を終えた彼女は、今度は部屋の中をキョロキョロと見回しはじめた。

「それにしても、本当にここって生活感ないわね……例の猫が居つこうとしないのも、そのせいなんじゃないの？　アーニャから伝わるちゃんとした飼い主感というか、人間としての安心感が皆無だから」

「私にだって、なついてくれる猫はいる」

小花《こはな》の飼い猫の巨体を思い出して反論する。もっともあれは、ただ私の尻が枕がわりにちょうどいい大きさや感触だからなのかもしれないが。

「どうせ猫カフェの話でしょ？」

いきなり図星をつかれ、私は絶句してしまった。

「あのねえ。猫カフェの猫が人間になつくのは、ただのプロのお仕事だから。ホストやキャバクラ嬢が客をほめそやすのと一緒よ。誰にだってそうするものなの」

そして《コーシカ》は、冷ややかな口調でそんなマセたことを言うのだった。確かに、カフェ猫の人なつこさは野外で暮らす猫とはまったく違う。私はぐうの音も出なかった。

「こんな調子じゃ、どうせ料理とかもできないんでしょ？　いつもなに食べてるの？　カロリーバーとかサプリメントだけとかじゃないでしょうね？」

「自炊もしている」

「ほんとに？　じゃあ、ちょっと今作ってみなさいよ。試食して判断してあげるわ」

疑わしい目でそういうので、私はいつもの食材を冷蔵庫から出しミキサーにかけた。

「私のオリジナル料理、『ロシアン・カクテル』だ」

濁《にご》った茶色みの強いピンク色のスムージー。それを、タンブラーごと《コーシカ》の前にどんと置いた。

「料理って、ただミキサーにかけただけじゃないの……まあいいわ、問題は味だから」

そして《コーシカ》はタンブラーを手にすると、中身の液体をぐっと口に運んだ。


三分後。

トイレを流す水洗の音が響くと、ようやくドアが開いて《コーシカ》が出てきた。

「うぇぇぇぇ……っ、生臭いよぉ……気持ち悪いよぉ……」

涙目になりながら、今度はキッチンでコップに水をくむとうがいをはじめる。

「ママぁ……ロシア女に上のお口を汚されちゃったよぉ……」

そして、人聞きの悪いことを言いながら泣きべそをかく《コーシカ》。というか、上の口とはどういう意味だ？　では下の口とはなんだ？

しばらく放心状態にあった《コーシカ》だったが、やにわに顔を上げるときつい形相で私をにらみつけてくる。

「ロシアじゃ、食べもので遊んじゃいけませんって習わないの!?」

「遊んでなどいない」

「じゃあ、ガチであの産廃が誕生しちゃったわけ？　はあ……」

だがすぐに、怒る気力も失せたとばかりのため息をついた。

「とりあえず、料理は今夜からあたしが全部やるわ。あんたはキッチンに入るの絶対禁止ね」

「君が食事を作りたいのなら、自分のぶんだけを作ればいいだろう。私は『ロシアン・カクテル』で問題はない」

「あるの！　大アリよ！」

再び怒りに点火したのか、《コーシカ》が伸び上がるように突っかかってくる。

「なぜだ？」

「食事は人間を豊かにする基本よ。心身ともにね。だからそんな、食べられればいいなんて考えじゃあ駄目」

まるで子供に言い聞かせるように、《コーシカ》は真面目くさった表情で私に告げる。

「まずは、アーニャを人間としてまともに矯正《きようせい》するところから始めなきゃ。少なくとも、猫が安心して寄ってくる程度にはね」

またしても猫だ。すべては猫に始まり猫に終わる、ということか。

ただ少なくとも、今の私は猫に生殺与奪を握られているのにも等しい。まずは、《コーシカ》の方針に身を委《ゆだ》ねてみるのも悪くはないかもしれない。

そのまま、《コーシカ》はキッチンに立つと料理の準備をはじめた。

その間、私は《コーシカ》の要求する食材や調理器具を調達するために駅前のスーパーマーケットまで走る。まさか思ってもみなかった展開だった。

そのあとは、料理ができ上がるまでの時間を河川敷でのロードワークに費やす。

およそ二時間後。午後七時近くになって、《コーシカ》から夕食の支度《したく》が終わったと知らせるメッセージが届いた。

空腹になった私は帰宅し、自室のドアを開けた。

とたん、鼻孔《びこう》に食欲をそそる匂《にお》いが流れこんでくる。炒めた玉ねぎ、牛肉とマッシュルーム。そしてそれらを煮こんだ酸味のある濃厚でまろやかな芳香。そのほかにもバターの香りも混じっていた。

ぐぐう、と胃袋が音をたてて勝手に収縮した。

「今日のところはこんなものね。ご挨拶《あいさつ》がわりのロシア料理よ？」

得意そうな顔で、《コーシカ》がダイニングキッチンのテーブルに並んだ皿を示す。

前菜はキャベツとにんじん、少しの牛肉を煮こみ、香り付けにローリエを使った塩気たっぷりの野菜スープ。シチーと呼ばれるそれは、日本人にとっての味噌汁《みそしる》のようにロシアの家庭では馴染《なじ》み深いものだ。

そしてメインは、ビーフ・ストロガノフ。

牛肉と玉ねぎとマッシュルームをバターで炒めて少量のコンソメスープで煮こみ、火を止めたのちにたっぷりのサワークリームを混ぜこみ和《あ》えた肉料理だ。付け合わせには輪切りのバゲットとゆでたジャガイモが添えられている。

「付け合わせは本場らしく黒パンが良かったんだけど、さすがにスーパーじゃ売ってないからフランスパンで妥協してね――さ、召し上がれ」

私はものも言わずにフォークとスプーンを握ると、食卓に並んだ料理をかきこんでいった。

これほどの食欲に取り憑《つ》かれたのは、いつ以来のことだろうか。栄養価などとは関係なしに、押し寄せてくる味覚の快感に脳が溶け落ちていくようなめくるめく時間。

「あらやだ。アーニャったら、はしたない。そんなにがっつかなくてもお皿は逃げないわよ？」

勝ち誇ったような《コーシカ》の声も、どこか遠く聞こえる。

そして私は、気がつけば出された料理を完食していた。皿に残ったわずかなストロガノフのソースも、バゲットですくい取って綺麗にたいらげる。

「ふぅぅ……」

なんとも言えない満ち足りた感覚が、脳をしびれさせていた。わずかな時間で腑抜《ふぬ》けになってしまったかのようだ。

「ふん、気取った顔しててもお口は正直だったわね。猫みたいに瞳孔《どうこう》がまん丸になってたわよ？　もうすっかり、あたしなしじゃいられない体になったでしょ」

「正直、毎日食事を作ってほしいと思う……」

まんざらでもなさそうな《コーシカ》の笑みに、私は敗北の白旗を上げた。これが胃袋をつかまれるというやつだろうか。そしてやっぱり、上の口とはどういう意味なんだ。

食後、私はキッチンで食器と調理器具を洗う。《コーシカ》はその間、テレビがないことに文句を言いながら、スマートフォンでユーチューブの動画を観ていた。

そして午後九時すぎ、私はバスタブに湯を張り入浴の準備をはじめた。

「《コーシカ》。先に風呂へ入ってくれ」

そううながしたが、《コーシカ》は何やら言いたげにもじもじしている。気の強いこの少女らしからぬ態度だった。

「どうした？」

「ねえ、アーニャも一緒に入らない？」

「別に構わないが……なにか理由があるのか？」

「シャンプーのとき、目をつむるじゃない？　そうすると、何も見えない中で後ろが気になって怖くなっちゃうのよ……今でも、ママと一緒じゃないとお風呂入れないし」

それは、おばけが怖いとかそういうやつなのか？

思わず《コーシカ》の顔を見てしまったが、さっきまでとは別人のように気弱な表情を浮かべていた。どうやら演技というわけではないらしい。

「わかった。では一緒に入ろう」

私たちはめいめい服を脱ぐと、裸体になりバスルームへ入っていった。軽くシャワーを浴びてから、湯のたまったバスタブに浸《つ》かる。《コーシカ》も同時に入ってきたので、湯があふれるし狭いことこの上ない。

「……一六歳でそのサイズは、ヤバいっていうかマニアックすぎでしょ。あたしとほとんど同じじゃない。ブラジャーが自分の存在意義に葛藤《かっとう》してそう」

バスタブで向かい合わせになった《コーシカ》が、湯面を透かして私の胸をじっと見ながらそんなことを言った。

だが、さすがに小学四年生と同じという意見には異論がある。0と1は確実に違うものなのだ。たとえ宇宙から見ればわずかな違いであろうとも。

「やっぱり食生活が貧しいと、体型まで貧しくなっちゃうってことよね。身長だって一〇センチぐらいしか変わらないし、一、二年であたしが抜いちゃうんじゃないの」

「いたずらに皮下脂肪を増やしても、肉体の可動域を狭《せば》めるだけでメリットはない」

「もう。無駄とかメリットとか、そういう思考を一回やめなさいよね」

湯気に頬《ほお》を火照《ほて》らせつつ、《コーシカ》が呆《あき》れたようにかぶりをふった。

「機械じゃないんだからさ。猫から見ても、アーニャって人間とは思われてないんじゃない？冷蔵庫とか電子レンジの仲間みたいな」

小花《こはな》の猫であるモーさんからも、なにやらクッション代わりにされているような節があった。《コーシカ》の言うことも、まんざら的外れというわけでもないのかもしれない。

「まあ……食生活については、あたしがきた以上は改善の方向に持っていくけどね。アーニャのおっぱいもすぐにちゃんと大きくなるわよ」

なにやら《コーシカ》は、私の生活改革に対して妙な情熱を持っていると感じた。かなりの部分、趣味が入っているのではないかという以前からの疑惑はあるが。

「よろしく頼む。ところで、本名はなんというんだ?」

「教えない。いい女は謎が多いほうが魅力的でしょ?」

さりげない流れを装《よそお》って核心に触れてみたが、マセたことを言いつつはぐらかされた。なかなか手ごわい秘密主義だが、その女の魅力とやらをいったい誰にアピールするつもりなんだろうか。

それから背中合わせになって体を洗う。そして問題のシャンプーの番になったが、《コーシカ》はやはり肩ごしに後ろを気にする素振りを見せていた。

「私が洗ってやろう」

「えっ……い、いいわよ」

怖がりようを見かねて提案するが、遠慮《えんりょ》がちに辞退する。

「遠慮する必要はない」

「…………」

《コーシカ》はそれ以上もう何も言わず、私に身をまかせた。

長くてつややかな黒髪の間に指を入れ、頭皮に軽く爪をたてながら擦《こす》っていく。

こうして肩甲骨がキュッと浮き出た裸の背中を見ると、驚くほど華奢《きゃしゃ》で小さい。大人びたことを口にするが、やはり子供なのだとあらためて実感する。

「きれいな髪だ。洗っていて、指先の引っかかりがまったくない」

「……ふぅん。そう?」

何気なくほめ言葉を口にする。《コーシカ》の反応はそっけなく感じた。

「あたしもアーニャにやってあげるわ」

シャワーで泡を流し終えると、《コーシカ》はこちらを振り返り逆に私を背中向きにさせようとうながす。

「いや、私は大丈夫だ」

「いいから! 自分こそ遠慮するんじゃないわよ」

強引にバックに付くと、《コーシカ》はシャンプーを手にとり私の髪を洗いはじめた。ごしごしと指先に力をこめ、泡立てていく。

「どう、気持ちいい?」

「うむ。問題ない」

正直に言うと、《コーシカ》は少しばかり力みすぎていて頭皮が痛かった。が、そのまま黙って洗髪に身をまかせる。

それからシャワーでお互いの洗い残しを流して、私たちはバスルームを出た。

「……ねえ、今夜はこないのかな? 通い猫ちゃん」

新しい下着をはきながら、《コーシカ》がベランダのほうを見る。

時刻は午後一一時前。いつもなら現れてもおかしくないころだが、今夜は姿を見かけない。

「部屋に人が増えた気配を感じて、警戒しているのかもしれないな」

「ちぇっ、つまんないの……じゃあもう寝ようよ、アーニャ」

湯上がりで眠くなったのか、《コーシカ》がしきりに生あくびをもらしていた。

洗面所で歯磨きを終えたあと、私は下着の上にサイズオーバーのTシャツ、《コーシカ》は持参したパジャマに着替える。しかし、今夜のところはベッドが一つしかない。

そして今さらだが、本気で今日から泊まりこむつもりでいるらしい。彼女にも母親がおり実家があるというのは、今日一日の会話内容で把握《はあく》していた。ただ様子からして、家庭事情についてはあらかじめ調整済みの上で押しかけてきているのだろう。色々と小学生離れしている。

「ベッドは君が使え。私は毛布があれば床で十分だ」

「なんで？　一緒に寝ようよ」

「シングルベッドだし、狭いだろう」

「平気よ。お互いちっちゃいんだし」

そう言うと先にベッドへ登り、奥側につめて仰向《あおむ》けに布団へもぐった。たしかに、私のサイズなら隣に寝ても落ちることはなさそうだ。

「ね？」

顔を私のほうに向け、《コーシカ》が微笑《ほほえ》む。私も布団へ入ると、ベッドサイドのリモコンに手を伸ばし照明を落とした。

青い暗闇が部屋に落ちる。その中で、《コーシカ》の息づかいと体温が伝わってきた。

思えば、誰かと一緒に寝るのはいつ以来のことになるだろうか。私は、こうなるに至った運命の不思議に思いを馳《は》せる。

果たして、その気配が伝わったのかどうかはわからないが……

「ねえ、アーニャ……」

羽毛布団に頭までもぐりながら、《コーシカ》がささやく。

「後悔してる？」

そして、ふいに胸を衝《つ》くような言葉を投げかけてきたのだった。

「ユキに誘われたから、アーニャは日本へやってきたんだよね。もし組織を脱走しなければ、今みたいに猫に振り回される毎日を送らずにいられたわけなんでしょ？　だから、自分で望んでいなかった流れでこうなったことを……今、後悔してる？」

たしかに、私の状況についてはそのとおりだといえるだろう。

私には、主体的な動機がない。

ユキのように『自由』について葛藤《かっとう》することもなかったし、《家《ドーミク》》から与えられた任務を続けることに不満や疑問を持っていたわけでもなかった。こうして日本で日常生活を送ることになったのも、あくまで単なるなりゆきだ。

私に欠けている動機を持っていたのは、ユキのほうだった。それなのに彼女だけが死に、ただ誘われるままに付いてきただけの私だけが生き残ってしまった。

ただ、それでも……


『ボクは君に、ずっと笑ったり泣いたりしながら生きていってほしい――』


ずっと忘れられない、忘れようもない声が今も私の中には残されている。

その声を裏切ることは、私にはできない。

なぜなら、それは……


「いや……後悔はしていない」

ユキが見た夢だから。

彼女が目指して叶《かな》わず、私に託した自由という名の夢なのだから。

私にはその価値は理解できない。けれどそれでも、ユキの夢を背負っていくと私は決めた。

いつか、彼女が見ていたのと同じ景色にたどり着くまで。

私が今こうしているのは、そのためだ――問いの答えが、私の中で実を結ぶ。それこそが、今ここにいる私の動機だと。

「ユキの示した夢は、私が生きていくための道標だ。たとえそのために、苦手な猫と一生関わることになったとしても」

日本へきてから霧に包まれていた視界が、クリアになっていくような感覚だった。

「そうだよね……猫がいないと、アーニャは死んじゃうんだもん。仕方ないよね」

「それだけじゃない」

ユキの語った言葉の数々を思い出しながら、私はそう口にした。

「猫とはきっと、私の運命そのものでもあるんだ。常にゆく道の先に立ちはだかり、謎や問いを投げかけてくるもの。あれと姿が似ている、伝説のスフィンクスのように……私はそれに立ち向かい、人生の答えを出していく必要がある」

ユキもまた、同じだ。

猫によって開かれた運命——可能性が、彼女に自由という夢を見せたのだ。

結果としてユキは力尽き倒れたが、最後まで自分自身の運命に立ち向かったことに間違いはない。あれほど、悟りとあきらめの中で生きていた彼女が。

「だから、仕方なしにじゃないんだ。私は私自身に課せられた運命《ミッシヨン》に立ち向かうために、真剣に敵《ねこ》と向き合っていくつもりでいる。それが、私の人生だというのなら」

私が言葉を切ると、暗闇に静寂が戻ってきた。

隣から返事の声は戻ってこない。もう眠ったのかと思い視線を送ると、《コーシカ》は布団の隙間《すきま》からじっと私の横顔を見つめていた。触れた体の部分から伝わってくる体温が、心なしか熱い気がする。

「……ふーん、そうなんだ。ま、しっかりやりなさいよ。おやすみ」

私と目が合うと、《コーシカ》はそっけなくそう言うと寝返りをうち背中を向けた。入浴中、彼女の髪をほめたときの反応と少し似ている。

私も目を閉じると、いつもより暖かい寝具に包まれながら眠りに身をまかせていった。

翌朝。

目が覚めると、暖かかった。否《いや》むしろ、暑いくらいに。

そして。セミのように私に抱きついて眠っている、小さな女の子がベッドのすぐ横にいた。

困った、これでは起きられない。

昨日の記憶が、じんわりと蘇《よみがえ》ってくる。

そう、彼女は私のミッションの協力者である《コーシカ》——あくまで自称だが、私のことを知っているし本物しか知らない情報も持っている。昨日一日を過ごした様子では、破壊工作員などの敵である可能性も低い。

「……んぅ」

「おはよう。そろそろ起きようか」

身じろぎした《コーシカ》が、目をしぱしぱとさせている。

「ちょっ……なによ。先に目が覚めてたんなら、さっさと起き出せばいいじゃない。なんで人の寝顔じっと見てるのよ。きもっ」

そして、悪態をつきながら跳ね起きた。顔が赤いのは、私に抱きついていたのが恥ずかしいからなのだろうか。

「さっさと先に顔洗って、歯みがいて！　私は食事の支度《したく》で忙しいんだから！」

「了解した」

いきなり押しかけてきた《コーシカ》との同居生活、二日目がこうしてスタートした。

彼女が作った朝食のベーコンエッグと白いごはん、味噌汁《みそしる》はやはり美味だった。彼女いわく、朝は白米を食べたい主義らしい。

そしてめいめいに登校の準備を整えると、一緒に部屋を出た。

通学路は、途中までは鳥羽杜《とばもり》女子高へ向かう道と同じのようだ。河川敷の突堤《とってい》の上を歩いていると、ランドセルをしょった小学生たちの姿も多く見かける。

「あ。あっちゃんだ」

「あっちゃーん、おはよー！」

すると、後方から女児のグループがやってきて《コーシカ》に元気よく挨拶《あいさつ》していく。彼女も笑顔でそれに応えていた。どうやら、学校の友達はそれなりに多いようだ。

しばらく一緒に歩きながら、私は新たに入手した情報カードを早速切った。

「あっちゃん」

《コーシカ》の背中に、正確な発音でそう呼びかける。

前を歩く薄紫色のランドセルの揺れに、変化は見えない。ただ一瞬、ぴくりと頰《ほお》のあたりが反応したような気もする。

「あっちゃん」

もう一度繰り返すと、《コーシカ》が立ち止まった。小さな拳《こぶし》をぷるぷると震わせながら、こちらを振り向く。

「もう一度そのあだ名で呼んだら、もうごはん作ってあげないんだから」

「なぜだ？」

「なんでも。子供っぽいから最近やなの。特にアーニャに呼ばれるのは絶対やだ」

理不尽な返事が戻ってきた。色々と複雑な年頃のようだ。

「では、なんと呼べばいい？　家ならともかく、往来で《コーシカ》というコードネームを呼ばれるのも、割りと恥ずかしいのではないかと思うのだが。たとえばさっきの学友たちの前で、とかな」

この機に乗じてそう告げると、《コーシカ》が言葉に詰まる気配を見せた。

「……本名は、旭姫《あさひ》よ。宗像《むなかた》旭姫」

「では、旭姫と呼んでも問題ないか？」

「好きにしなさいよ」

彼女——旭姫は、ふんと鼻を鳴らして再び通学路を歩きだしていった。


昼休み。

「あれ？　今日はお弁当なんだあ」

私の変化に目ざとく気づいたのは、小花《こはな》だった。

彼女と合わせた机の上には、《コーシカ》こと旭姫から持たされたランチボックスがある。

ふたを開けた中身は、トマトとキュウリ、薄い卵焼きをはさんだサンドウィッチが四切れ。パンには適量のバターとカラシが塗られている。それに加え、カットされたグレープフルーツも添えられていた。

「へー。アーニャさんって独り暮らしだよね？　料理とかもやるんだ」

「いや、これは……昨日から泊まりにきている妹が作ってくれたんだ」

「あっそう、妹かー」

梅田《うめだ》があっさりそう流すと、一拍遅れて竹里《たけさと》と顔を見合わせる。

「い、妹ぉぉ!? アーニャさん、妹いたんだ!?」

「ちょっとちょっと、そういう重要な情報はさらっと言わないでよ!」

梅竹コンビのように取り乱しはしなかったが、小花《こはな》もやはり驚いている様子だった。

「父と再婚した義母の連れ子だ。日本人だし、私と血はつながっていない」

とりあえず、旭姫《あさひ》についてはその設定で通すことにする。特に矛盾はないだろう。

「いくつ違い?」

「小学四年生で、今度五年生になる。六つ……いや七つか?」

「へえー。きっと可愛《かわい》いだろうねえ」

まだ見ぬ旭姫を想像し、小花はニコニコと笑っている。たしかに見た目はそうだが……と、大人びて生意気な性格を思い出して複雑な気持ちになった。

「そういや、もうすぐ春休みかぁー。コハっち、どこかいく予定とかある?」

「何もないよお。今、うちのおばあちゃん猫が具合良くないし」

「まあでも、花見ぐらいはしたいよねー」

竹里がそう言うと、小花も笑顔でうなずく。

「いいねえ、お花見。アーニャ、日本の桜は見たことある?」

「いや、ない。ただ、日本の人々は桜が咲くとパーティをやりたがるという話は聞いている」

すると、梅田がふと何かを思い出したように憂鬱《ゆううつ》そうなため息をついた。

「ああでも、その前に期末があるんだよなー。もう今週かあ」

「なにウメ氏、そんなにヤバいの？」

「うっす。そりゃもう、まんべんなく赤点とれる自信があるねえ。物理と英語と数学と古文と……ええと、体育以外」

「ちょっと、留年だけはやめてよね。ウメが後輩とかなんか嫌だし」

「梅ちゃん、ガンバだよお。わたしも勉強手伝うからさあ」

「コハっちは相変わらず天使やのお～……あ、そーだ。アーニャさんは、春休み何か予定とかあるのかい？」

「ロシアに里帰りするとか？」

三月末から四月初旬までの春期休業。二週間ほど学校へ通わない期間が生じるようだが、私がなすべきことに変わりはない。

「いや、いつもどおりだ。私は、猫がいるところならどこだろうと構わない」

「やっぱり猫好きなんじゃん、アーニャ。てゆうか、もはや隠す気ゼロだよね」

「ツンデレさんですなあ。良きですなあ」

やはり、当然のように私が猫好きという誤解は続く。この事情ばかりは説明しても理解が得られるとは思えないので、放置するより仕方がない。

そうして昼休みと午後の授業は終わり、今日も放課後のチャイムが鳴った。

私は小花《こはな》と一緒に下校すると、駅南口の商店街アーケードへ立ち寄る。行き先はいつものドラッグストアだ。

店内には、私たち同様下校途中に寄った鳥羽杜《とばもり》女子の生徒たちがちらほら見える。

彼女たちの目当てはやはり、店員の久里子明良《くりすあきら》だ。仕事の邪魔にならない程度の節度を保って、遠くから愛《め》でたり順番に話しかけたりしている。

私の目的は、さっきメッセージで旭姫《あさひ》から頼まれた買い物だった。リストを見ながら、商品をカゴの中へ放りこんでいく。その中に、『ちゅーる』という謎の名称があった。

「なんだ……これは？」

「どうしたのお、アーニャ？」

スマートフォンを手に固まった私の後ろから、小花がのぞきこんでくる。肩の上に、小花の顎《あご》がちょこんと乗った。ほっぺたとほっぺたが密着し、くすぐったさを覚える。

「ちゅーる買うんだあ。猫ちゃんにあげるのお？」

「これはキャットフードなのか？」

「うん。猫をトリコにしちゃう魔性のおやつだよ」

魔性……猫を虜《とりこ》にするだと？　何か麻薬じみた成分でも入っているのか？

これこれ、と小花がペットフードのコーナーから商品の袋を持ってきた。アルミパックのスティックが何本か入っている。

「これを手に持って、中身を先っぽの切り口からひねり出すんだけどね。猫の食いつきがすごくいいんだあ。人間からすると、夢中で食べてる間になでなでするのが醍醐味《だいごみ》かなあ」

その情報を聞いて、私は旭姫の意図に察しがついた。

つまり、これは敵《ねこ》の動きを固定するためのトラップだ。私が猫をなでるミッションを達成させるために、彼女が調達した支援兵装ということなのだろう。

リストにあるものを入れ終えると、私はカゴを持ってレジに並んだ。レジに店員は一人しかいなかったが、私が次に会計する番になると隣のレジに別の店員が入った。

「お待ちのお客様、こちらのレジへどうぞ」

微笑を浮かべる明良と、視線が合う。

「…………」

私は列を離れ、明良の立つレジへ買い物カゴを持っていった。

「いらっしゃい、アーニャちゃん。こないだの猫カフェ以来ね」

「あのときは世話になった」

明良はPOSレジのスキャナーで商品のバーコードを読み取り、手提げのレジ袋に詰めていく。

「お会計は一五四〇円になります」

私は財布から千円札を二枚抜き出す。明良《あきら》がそれを受け取って額面を確認すると、レジで会計を行った。

「はい、四六〇円のお返し――」

掌《てのひら》を上に向け釣り銭を受け取る。明良は下から手を添え、両手で包みこむような丁寧《ていねい》さで小銭を私の掌にそっと落とした。

明良の手に初めて触れた瞬間、ふいに冷水を浴びたような感覚に襲われる。

指先から伝わる感触で、様々な情報が洪水のように私の中へ流れこんできた。

右手人さし指にある、不自然な形の皮膚《ひふ》の硬化。それは、テンションの重いダブル・アクション式のトリガーを長年引き続けてきた者に特有のものだ。

そして、用心金《トリガーガード》と常時接触する中指の側面。発射時の反動《リコイル》を受け止める親指の付け根。そういった部分の皮膚もピンポイントで厚く、硬くなっているのがこちらの指先に伝わってくる。

レジカウンターを間にはさみ、ほんの一メートルたらずの距離。それを隔てて、私と明良の瞳が互いを映し合う。

だがそこに映る相手の認識は、もはや以前とは明確に違っている。おそらくは明良も、私同様に今の接触で確信を得たはずだ。

――目の前に立つ女が、自分の同業者であるということを。

(やはり、そうだったか)

初対面のときから明良に感じていた違和感と警戒心の理由が、今こそ明らかになっていた。

この国において銃器の扱いに習熟し、周囲に対して気配を遮断する技術を持ち、しかし何食わぬ顔で日常生活を送り続ける者――

ほぼ間違いはないだろう。久里子《くりす》明良の正体は、職業暗殺者もしくは他国の潜入破壊工作員……あるいはテロリストのいずれかだ。

釣り銭の受け渡しを行うほんの数秒。私と見つめ合う明良の顔が、ゆっくりと近づく。左の耳に、湿った吐息を感じた。

「――今夜九時、青鴫橋《あおしぎばし》下の河川敷で」

同時に聴こえたささやき声。背筋に鳥肌が浮いたときには、明良はすでに離れていた。

「ありがとうございました。またね、アーニャちゃん」

明良はただ、常と変わらぬ接客スマイルを浮かべている。だが、その瞳はたしかに伝えたという確認の光が宿っていた。私はそれに応え、無言でうなずきを見せる。

「アーニャ、買いもの終わった？」

「うむ。帰ろうか」

待っていた小花《こはな》の元へ戻り、私はレジカウンターのほうを振り向くことなく店を出ていった。

旭姫《あさひ》は先に帰宅しており、夕食の支度《したく》をしていた。

明良《あきら》とのことについて伝えるべきか考えたが、やめておく。

おそらく旭姫は、反対するはずだ。

相手の意図がわからない以上、明良とふたりきりで対峙《たいじ》する状況は危険が伴う。私の果たすべきミッション——猫との接触とも関係がない以上、それは無用のリスクでしかない。

だが私は、明良と会うつもりだった。個人的な興味も無論あるが、安全保障上の観点からも身近にいる戦闘力を有した人間の目的や素性《すじょう》は知っておきたい。

食事が終わり、約束の刻限が近づいてきた。旭姫は昨夜と同じように、スマートフォンで動画を観ている。私が私服に着替えフードパーカーをはおると、イヤホンを外してこちらを見た。

「えっなに、出かけるの？」

「少し食べすぎて胃が重い。河川敷まで軽くロードワークをしてくる」

「嘘でしょ。そろそろお風呂に入ろうと思ってたのに」

そういえば、一人で入浴ができないのを思い出した。

「一時間ほどで戻る予定だ。すまないが、それまで待っていてくれ」

「もう、しょうがないわね……」

玄関を出ていく際に、横目で旭姫の顔をうかがう。が、特に不審を抱いた様子はないようだ。

私はマンションを出て、明良から指定された場所まで足を伸ばす。青鳴橋《あおしぎばし》は、市内を流れる一級河川の支流に架けられた鉄橋。国道の道路が走り、夜間でも車の往来が絶えない。

その鉄橋の下の河川敷は、まるで短めのトンネルのような空間になっている。

頭上を自動車の排気音が交錯する薄闇の中、長身の人影がそこで私を待っていた。

——久里子《くりす》明良。

シックなアースカラーのスプリングコートをはおり、黒のスリムパンツに柔らかそうなフェイクスエードのローファーを素足に履いている。腕時計やアクセサリーも洗練されたセンスのハイブランドで、危険な本性は外見に微塵《みじん》も反映されてはいない。

「夜のデートのお誘い、受けてくれてありがとう。嬉《うれ》しいわ、アーニャちゃん」

クールで整った顔立ちに柔らかな微笑を浮かべ、明良は現れた私にそう告げた。

「私が知りたい情報は、ふたつだけだ」

明良の五メートルほど手前で、私は足を止めた。

「明良が本当は何者で、何を目的として私に接触したのか。それを答えてもらいたい」

「奇遇ね。私も同じよ」

明良と私は、その距離を置いて見つめ合った。

この五メートルの距離は、緩衝帯《かんしょうたい》だ。互いが秘めるであろう本性を誘発しないための、理性と安全保障にもとづいた余白《マージン》。

「アーニャちゃんの、たぶん誰も知らないもう一つの顔……それに触れてみたくて、たまらないの」

「最低限、明良《あきら》が私の敵ではないという保証が今ここでほしい。さもなくば……」

「ふふ、どうするの？」

どこか嬉《うれ》しそうな声で、明良がそう口にする。五メートルの空間に、その瞬間だけ乱気流のように見えない磁場がうねるのを感じた。

「どうしよう。ねえ、私アーニャちゃんに何をされちゃうのかしら。ぞくぞくしてきちゃった」

さす、とかすかな靴音が明良の足元で鳴った。

河川敷の草地を、明良が一歩踏み出したのだ。互いの空間に渦巻く磁場が、大きく乱れる。

「止まれ、明良――危険だ。近すぎる」

危険と言ったのは、私と明良の双方にとって等しくという意味になる。

私たちは磁石だ。

ともに、強い周囲への干渉力――暴力という磁性を肉体に帯びている。近づきすぎれば、互いに激しく引き合いまた反発せざるをえなくなるだろう。

それは、理性や意思では制御しきれない本能だった。もしも互いの距離が一線を越えてしまった場合……私と明良もまた、人間ではなく磁石として本能のままぶつかることになるだろう。

あるいは、どちらか一方がこの場で砕け散ってしまうほどに強く激しく。

「無理。わかる？　私、今とても興奮しているのよ。アーニャちゃんのそこに初めて触れるのが、この私だと思うとね……」

明良の歩みは止まらない。自分でそう言ったように、切れ長の美しい瞳は昂揚《こうよう》に潤んでいた。頬《ほお》もかすかに紅潮している。

「……警告はしたぞ」

私が低く声を発する中でも、さすさすと草の鳴る音は止まらない。

やがて、明良のローファーが緩衝帯《かんしょうたい》の絶対距離を踏み越えた。私たちの宿した暴力という磁石が、あらゆる思考や感情よりも速く激しくぶつかり反発し合う。

動いたのは、どちらからだったか。

もし私たちのやり取りを外から見守る者がいたなら、それは限りなく同時ではあるが明良が先に見えただろう。

だが。動いたのは明良が先だが、動き出したのは私のほうが先だった。それは肉体ではなく、攻防に対する思考の立ち上がり。先手を取った上で、あえて明良に譲った形になる。

自然体で垂れていた明良の右手が、ボクシングのジャブのように閃《ひらめ》いた。五本の指をまっすぐにそろえた平手が、水平に私の顔へと伸びてくる。

(目つぶし――いや)

拳《こぶし》ではなく平手であることから、目を狙った攻撃にも思えた。

だが、これは私の視界を遮断する目隠しを兼ねたフェイントだと見抜く。明良の靴底が踏んだ草の沈みこみが、わずかに深さを増すのを察知したから。

つまりそれは、下半身に重心を乗せた足技が発動する予兆。果たして私の予測どおり、明良《あきら》の体が腰を支点に鋭く旋回した。スプリングコートがひるがえる。

死神の鎌《かま》めいて、斜め下から首筋を刈る軌道のバックスピン・キック。カラテ――いや、フランスに伝わる足技主体の格闘技サバットの蹴《け》りか。当たれば軽量の私を一撃で倒す威力はあるだろうが、しかける側もリスクの高い大技の炸裂《さくれつ》だった。

私はそれを、最小限の動き――上体のスウェイバックでかわす。眼前を風のうなりが通過していった。的を失った明良の体はむなしく半回転し――さらに。

（やはり、これもフェイントか）

明良は回転した勢いを着地の踏みきりで強制停止させ、その反動で地面を蹴りつけるや一瞬で前に飛び出してきた。彼女の頭のある位置は、私の膝《ひざ》よりも低い。

カウンターの膝蹴りでも迎撃できない、地をはう超低空のスピアー・タックルだ。派手な蹴り技で幻惑し、そのモーションをキャンセルした反動で加速し私の懐《ふところ》へ飛びこんでくる。

おそらく、私がスウェイで蹴りをかわすことも計算済みだったはずだ。なぜなら上体を後方へそらしたために、私の両足は平行にそろい左右へのステップが使えなくなったから。

結果。明良の思惑どおり、私は明良のタックルをまともに受け空中へ高く持ち上げられた。

両足の裏が地面から離れ、浮遊感が全身を包む。

このまま体重を浴びせて私をテイクダウンすれば、投げのダメージを与えた上で優位な上のポジションを奪取できるだろう。

先の先を読む、明良の戦略《タクティクス》は実に見事なものだった。

——だが。

「ぐぅ……ッ」

窒息《ちっそく》の苦鳴は、私の脇の下から聞こえた。

蛇のように巻きついた私の右腕が、ぎりっと深く明良の首を前方から絞め上げている。

このタックルの一手先に仕込んでいた、カウンターの殺し技ギロチンチョーク。私は空中に浮かされた体勢で明良の胴を両脚でロックし、彼女の首に全体重をかけてぶら下がっていた。

先の先の、そのまた先。攻防が始まった時点で、私の戦略《タクティクス》はすでにそこ——明良の一手先にまで到達していたのだ。

「意識が戻ったら、両手を縛った上で尋問させてもらう」

私は、自分の左手とクラッチした右手に力を入れた。明良の首に巻きついた前腕部の骨が、頸動脈《けいどうみゃく》をテコの原理で圧迫する。

明良の体から力が抜けた——と思った瞬間、右手の甲に鋭い痛みが突き刺さった。

反射的に力がゆるんだ腕の中から、明良が抜け出す。その手には、コートのポケットにあったと思《おぼ》しきボールペンが握られていた。

「……ごめんなさい。つい習性で反撃してしまったわ。アーニャちゃんに絞め落とされた上に縛られるなんて、ごほうびでしかないのに……」

良くわからないことを言いながら、明良《あきら》が絞められた喉《のど》を押さえて咳《せ》きこむ。落ちる一歩手前だったのか、脳貧血で足元がふらついていた。

「はい、火遊びはここでもうおしまい。これ以上やったら、命がいくつあっても足りやしないから……もちろん、私のほうがね」

ボールペンを草の上に捨て、苦笑いを浮かべた明良が両手を挙げた。

それから私は明良をその場に座らせて休ませ、土手の上の突堤《とってい》にある自動販売機でペットボトルのミネラルウォーターを二本買ってきた。一本を明良に渡し、彼女の隣に並んで座る。

「私に関する質問、だったわね」

しばらく並んで水を飲んでいると、貧血症状から回復した明良が口を開いた。

「私の本業は殺し屋。フリーランスのね」

殺し屋——報酬と引き換えに殺人を行う、個人業者。

「では、所属組織などの背景は存在しないと考えていいのか？」

明良はうなずく。私は懸念《けねん》がひとつ片付いたことで安心した。

さすがに《家《ドーミク》》の放った追っ手ということはないだろうが、何らかの組織が私を嗅《か》ぎつけて動きだした可能性もあったからだ。注意を払うべき対象が明良個人でとどまるのであれば、大きな問題はない。

「もともと、どこの組織にも属していない根無し草よ。アメリカの各地を転々としてきて、日本へ帰国してからもまだ一年は経《た》ってないわ……ところで、お水交換しない？　今アーニャちゃんが飲んでいるほうと取り替えてほしいの」

「？　別に構わないが……」

不可解な明良の要求にしたがい、ペットボトルを交換する。

毒を盛った可能性を疑っているのだろうかとも思ったが、それなら口をつける前に言ってくるはず。明良はなぜか嬉《うれ》しそうだった。

「アーニャちゃんのほうの事情も、もし良かったら教えてくれないかな？　なにか協力できることがあるかもしれないし」

「わかった」

たしかに、私だけ秘密を隠すのはフェアではないだろう。

ロシアの非合法組織で暗殺者として活動してきた五年間、ユキとの逃避行、そして殺人ウィルスである《血に潜みし戒めの誓約《クローフィ・クリャートヴァ》》と猫アレルギーの関係。順序だてて、それらを説明していく。明良もまた秘密を守ることを日常とした裏の人間である以上は、知られても問題はない。

そのすべてに耳をかたむけていた明良が、やがてため息を深くついた。

「……驚いたわ。アーニャちゃんの若さで、もうそんなにすごい場数を踏んでいるなんて。格が違うのも当たり前ね」

　そして、真剣な眼差《まなざ》しで私の顔を見る。

「それに、猫や死んだ友達のこともね。そんな事情を抱えていたんだ……ああ、なんだか私」

「――――」

　するり、と私は明良《あきら》に抱きしめられていた。

　いつ両腕が背中に回されたのかわからない。さっきの戦闘中とは異なり、殺気とは無縁の抱擁《アクション》を察知することはできなかった。

「アーニャちゃんのこと、守ってあげたくなっちゃった」

　そして、息がかかるほどの目の前に明良の顔がある。至近距離で突きつけられると、思わず見入ってしまう造形美に心臓の鼓動が速鳴っていく。

　だが、本能が死とは異なるたぐいの危険を警告していた。なぜだかはわからないが、今私はとても危うい状況にいるのだと。

「……気持ちはありがたい。だが、問題はない」

「そう……？」

　明良の吐息。信じられないほど甘いそのにおいが鼻先に漂うと、頭に霞《かすみ》がかってくるように思考が曖昧《あいまい》になってきた。

あれ？

あれれ？

私は今、何をしているんだ……？


――ピロン。


「はっ……！」

通知音で我に返った私は、突き飛ばすように明良から離れるとスマートフォンの液晶を見る。旭姫《あさひ》からのメッセージだった。まだ帰ってこないのかという催促。よほど早く風呂に入りたいらしい。

「では、私は帰る。明日からはまた私はただの高校生で、明良はドラッグストアの店員。その関係で通し、双方の裏事情には干渉しない――そのようにしたいのだが」

「ええ、もちろん。異存はないわ」

何事もなかったかのような笑みを浮かべる明良に、私は確認のうなずきを返す。そして振り返らず、旭姫の待つマンションの部屋へと戻っていった。

久里子《くりす》明良――とても危険な女だ。色々な意味で。

帰宅後。昨日と同じように旭姫《あさひ》と一緒に入浴を済ますと、就寝の準備に入る。

ただ、今夜は……

「あ──」

窓を見ていた旭姫が、ふいに目を輝かせた。

例のこげ茶と白のハチワレ猫が、ベランダに姿を見せたのだ。

私はサッシ窓を半分ほど開け、猫が部屋に入ってくるのを待った。

猫は室内の様子を多少警戒しているようだったが、立ち去る様子はない。私はいつものキャットフードを袋から紙皿に移し、フローリングの床に置いて距離を取った。

やがて、食欲が警戒心を上回ったか猫が部屋に入ってくる。

「くしゅんっ！」

アレルギーでくしゃみを連発する私をよそに、ハチワレは紙皿へとぽてぽて近づいていく。

「食べてる～。かわいい～」

カフカフとフードを食べはじめた猫を見つめ、旭姫は目を細めてはしゃいでいた。その様子は、いつもと違って歳相応の子供にしか見えない。

猫は夢中でドライフードのカリカリ粒を嚙《か》みくだきながら、ティッシュでハナをかむ私のほうへときおり視線を向けてくる。

警戒心は以前より薄く、道で出会った顔見知りに向けるような目の光だった。どうやら、何度か通っているうちに私の顔は覚えたらしい。

私はトパーズ色の目と見つめ合いながら、今までとは違う親近感を猫に対して覚えていた。

決して目をそらさない瞳に見つめられていると、私のすべてをこの猫がわかっているかのような気分になってくる。

猫は紙皿のフードを食べ終わると、また体毛をなめて毛づくろいをはじめた。そして部屋の隅々に興味深そうな視線を送ると……

「あ……いっちゃうの？」

残念そうな旭姫の声を無視するように、桃のようにまるまるとした尻を振りながらサッシの隙間《すきま》を出ていく。そしてベランダの手すりにひらりと飛び乗ると、その上を悠々と歩き去っていった。

「あ！　せっかく買ったのに、猫ちゃんに『ちゅーる』あげるの忘れてた！」

ドラッグストアのポリ袋に入れっぱなしだったおやつに気づいて、旭姫が悔しそうに地団駄《じだんだ》をふむ。

「もう。あれがあれば速攻なでられると思ったのに～」

「そう急ぐこともないだろう。縁があれば、きっとまた会える」

猫が出ていったサッシ窓を閉めながら、私はさっき感じた猫の心……のような何かの手触りを思い出していた。

「これっきりで、もう来なくなっちゃったら？　猫って気まぐれだし、ありうるかもよ」

「そうかもしれない。でも、それも猫の選んだ自由なんだ」

約束など何もない明日に抱く、頼りなさと曖昧《あいまい》な希望――

きっと自由とは、そんな感覚に寄りそって生きるということでもあるのだろう。

夜に消えた猫の後ろ姿の残像。それを脳裏に描きながら、私はそう思っていた。

Mission.6
殺し屋と野良猫

私——久里子明良《くりすあきら》が故郷の日本へ帰ろうと思ったきっかけは、猫だった。

それは今から一年前。岩合光昭《いわごうみつあき》という写真家が撮った野良猫の写真を、ニューヨークで見かけたときのこと。

日本の町や山野の風景と、そこに生きる野良猫たちの姿。その組み合わせから伝わってくる美しくも切ない世界観に、心を揺さぶられてしまったせいだ。

簡単に言ってしまえば、ノスタルジーにかられ里心がついたということなのかもしれない。

とにかく私は、二〇歳のころから六年も暮らしていたアメリカを離れることになった。

一口にアメリカ暮らしと言っても、シアトルやシカゴといった北部の大都市からニューメキシコ州の片田舎まで、すみかを転々とする根無し草のような生活だった。

一番長居をしたのが、最後に借りていたニューヨークのソーホー地区にあるアパート。とはいえここも、せいぜいが三か月といったところなのだけど。

その理由は、私自身の職業にある。

殺し屋として働く上で、一つの場所に定住しないことにはリスクを軽減できるメリットがあった。殺し屋にとっての最大のリスクは、自分の正体が露見《ろけん》することだ。

そして日本へ帰国したあとも、私は殺し屋という仕事を続けている。だから、その方針も変わらないはずだった。

はずだった、のだけど――

「明良さん、今日の服とても似合ってますねっ」
「どうしたら私も、明良さんみたいに綺麗になれるんですか？」
「あの、卒業したら私と付き合ってください……」
「明良さん大好きです！」

私を慕う女の子たちに囲まれたバラ色の日々が、そこに待っていた。

たまたま一時的に足を置くだけのつもりだった、地方都市。「魅力のある都道府県ランキング」で下から五位とか六位とかいう微妙な県の、微妙な町であることがなんとなく仮の拠点として望ましいように思えただけだ。

なのに、気づけば腰を落ち着けてもう一年近く。

まあそれも仕方ないと言えるだろう。

だって、天国なんだもの。

この町の女子高生は、とてもレベルが高い。そんな魅力的な女の子たちに囲まれたハーレムを捨てることなど、私にはとてもできそうにない。

なぜなら私は、かわいい女の子が三度のごはんより大好きなのだから。

自分でも悪い癖だとはわかっている。アメリカにいたころも、女関係でこじれて命を危うくしたことはあった。

それでも、女の子で身を滅ぼすならむしろ本望だと思っている。定住で生じるリスクを承知で、私がこの町で殺し屋稼業を続けているのはそれが主な理由だ。

どんな職業にも業界というものがあって、それは殺し屋の世界も同じだった。

つまり依頼するクライアントがいて、その依頼の窓口となり現場の業者に発注するエージェントがいる。私も日本へ職場を移す段階で、新しいエージェントとの契約を済ませた。そのあたりは、フリーランスのビジネスマンとたいして変わりはないかもしれない。

請ける仕事は日本の津々浦々、それもなるべく地元のこの町から遠く離れた案件を選ぶようにしていた。それがハーレムと引き換えの、せめてものリスクマネジメントになる。

そして実際の殺しだが、銃社会のアメリカと違って重要視されるのは静粛性《せいしゅくせい》と丁寧《ていねい》さだ。さながらジャパニーズ・スタイルといったところだろうか。

日本の警察機構は様々な問題点を抱えているが、組織としてはともかく末端の捜査能力については優れたものを持っている。

つまり、証拠を残さないことが以前にも増して重要になってくるということ。そして、その手口もなるべく目立つ凶器を使わず事故死などに偽装するのがベストになる。

足を踏み外しやすい急な階段や、転倒した場所にたまたまあったコンクリートブロックの位置確認。首吊《くびつ》り自殺にしたい場合は、背後から絞めたときとのロープ痕《こん》の角度の違いに注意。心臓麻痺《まひ》を偽装するには、入浴後や雨で濡《ぬ》れた体に高圧のスタンガンを……などなど、アメリカにいたころより回りくどいやり方が要求された。

それでも、私は今のところ完璧にすべての仕事をやり遂げている。もちろん、静かなるジャパニーズ・スタイルでだ。業界内での評判もそれなりに高い。

そして、私が帰国するきっかけになった猫……外で生きる野良猫や地域猫も、この町ではよく見かけることができた。

私は猫が、特に野良の猫が好きだ。

その理由は、過酷な環境で生きる彼らの健気《けなげ》さに心をつかまれてしまったから。

野良猫は自由で気楽だなどという人もいるが、実際に野外で生活する猫は十分な食事を得ることもままならず、冬の寒さに震え、病気や怪我《けが》の危険と隣り合わせの毎日を送っている。風邪でもひいてしまえば、多くはそのまま助からない。

その寿命は、長くて二年か三年。中には二〇年生きる子もいる飼い猫のそれと比べて、まるで流れ星のように短くはかない。

私はそんな野良猫たちに、とても強い親近感を抱いていた。

なぜなら、人間《わたし》もまた本質的には彼らと同じ存在だからだ。

明日はどうなるかわからない、寄る辺《よるべ》のない世界で自分だけを頼りに生きていく。

そんな孤独の生に耐えているのは、私だけじゃないんだと……野良猫たちの姿を見ていると、なぜか勇気づけられるような気がしてくるから。

ドラッグストアのパート仕事の帰りに立ち寄る、住宅地の小さな公園。

わびしい光量の水銀燈が蒼白《あおじろ》く照らす、公園の敷地内に今日も私は入り木のベンチに座った。

しばらく夜空の星をながめていると、灌木《かんぼく》の茂みがカサカサと鳴る音がした。そして、一匹の三毛猫がその奥から這《は》い出してくる。

「こっちへおいで、ミケ子？」

私が話しかけると、三毛猫はその声を無視して一帯を警戒する素振りを見せていた。

ミケ子とは呼んだが、メスだとは確認していない。ただ三毛猫にオスはほとんどいないと聞いたことがあるので、たぶん女の子だろうと思ってそう呼んでいるだけだ。

ちなみにこのミケ子は、私にとって二代目になる。

初代ミケ子とはこの場所で八か月前に出会ったが、二か月ほどの逢瀬《おうせ》を重ねただけでいつの間にか現れなくなってしまった。どこかほかの場所へいってしまったのか、それとも死んでしまったのかはわからない。

似た柄のこの二代目ミケ子とも、いつまでこうして会えるものだろうか。

「…………」

明日はどうなるかわからない彼らと私は、こうした一期一会《いちごいちえ》の触れ合いしかできない。この場で出会えた縁に感謝し、客人への礼として食事を与える。ただそれだけの関係だ。

私はトートバッグの底に忍ばせた、プラスチックの密閉容器を取り出す。中にキャットフードのカリカリ粒を詰めた容器のふたを外すと、足元の土の上に置いた。

ミケ子は小走りに近寄ってくると、カフカフと夢中でキャットフードを食べはじめた。

すると別の方角から、茶色のトラジマの猫がにおいに釣られて姿を見せた。

そろそろと近づいてくる茶トラの気配に気づくと、ミケ子はフーッと獰猛《どうもう》に息を吐き出し威《い》嚇《かく》の姿勢を見せる。

「おまえもきたの、マイケル——ね、こっちへきて一緒にお食べ?」

私はもう一つの容器を出すとふたを開け、ミケ子とは離れたベンチの上に置いた。

マイケルというのは、かなり昔に流行《はや》った漫画原作のアニメに出てくる猫の名前。それと毛並みの色が似ているので、適当にそう呼んでいる。

「喧嘩《けんか》しないで、二人とも。ごはんは、どっちにも用意してあるからね?」

ミケ子とマイケルはしばしにらみ合っていたが、マイケルが目をそらすと視殺戦は終わりを告げた。どちらにとっても重要なのは、縄張り争いより今日の糧《かて》のようだ。

マイケルはミケ子を避けてベンチに飛び乗り、私のすぐ横でカリカリを夢中で食べはじめる。

健気《けなげ》なその姿を見ていると、胸が切なくうずいてしまう。

思わずなでてやりたい誘惑に駆られるけれど、我慢した。この子は手で触れようとすると、異常におびえて逃げ出してしまうからだ。もしかすると、人間から危害を加えられたことがあるのかもしれない。

私はただじっと猫たちを見守り、夜の静寂の中でカリカリを噛《か》み砕く咀嚼音《そしゃくおん》に耳を傾ける。その音から懸命に生きる小さな命を感じ、心が癒《い》やされていくのを感じた。

こうして野良猫が現れる場所を訪れては、ただその日の食事を提供して別れる。私にできるのは、ただそれだけだ。

きっと自分のような猫との接し方は中途半端で、自己満足的なのかもしれない。

私だって、できれば地球上のすべてのかわいそうな野良猫を救ってあげたいと思っている。しかし、現実的にそれは無理だ。

それどころか、ただ一匹の猫を手元に置いて飼ってやることさえできはしない。

なぜなら私は、殺し屋だから。

明日、仕事をしくじって死体になる運命が待っているのかもしれない身の上だ。

そのとき私は、もう誰も帰ってこない部屋で私を待つ猫のことを思いながら死んでいくのだろう。考えただけで胸が張り裂けそうになってしまう。

一期一会《いちごいちえ》——それが明日の保証が何もない、私と野良猫たちとの関係だ。

けれど、今日つないだ猫の命を明日の誰かに託すことだけはできるのかもしれない。少なくともそう信じて、私は自分が巡り合った野良猫に対して今日できる限りのことをしようと思う。


そんな日々の中、スマートフォンに一通のメッセージが届いた。

お互いに顔も知らない代理人《エージェント》からの、殺しの依頼だ。

文面には、ただ八文字のアルファベットと数字の羅列《られつ》。これは、コンビニエンスストアが扱っているネットプリントサービスのパスワードになる。私は仕事の休憩時間に最寄りの店に行くと、二四時間でクラウドから消滅するその画像データをプリントアウトした。

そのデータにはＱＲコードが映っている。私はスマートフォンのカメラでそれを撮影すると、プリントアウトした現物の紙を破いてゴミ箱に捨てた。

店のバックヤードに戻ったあと、撮影した画像をスマホの画面で拡大表示させる。原寸大ではＱＲコードにしか見えない偽装されたデザインには、今回の依頼に関するテキストがびっしり細かく記されていた。

概要欄。

任地――東京都
期間――今週末
対象――

自分が殺すべき標的の名前を確認した瞬間、血が足元に引いていくのを感じた。そのあとに表示される報酬額や詳細情報も、頭に入ってこなくなる。

その理由は、ふたつあった。

まず、大きな危険がともなう仕事であること。私のような一匹狼の個人業者には、かなり手にあまる相手だった。

常識的に考えれば、リスクを考え断るべき依頼であるのに間違いはない。けれど私は、引き受ける旨のメッセージを代理人に返信した。

危険を承知で引き受けた理由は、それがもうひとつの理由——私にとって、断れないだけの因縁《いんねん》がある相手だったから。

「とはいえ……今度こそ、本当に年貢の納め時かな?」

死ぬこと自体は怖くない。元より、枯れ葉ひとつの重さもない命だ。

ただ……

(あの公園……私のほかにも、誰か猫のことを気にかけてくれる人がいればいいな)

胸に一点の痛みを残すのは、あの孤独で小さな生き物たちのこと。カリカリをかじる音が、耳の奥に蘇《よみがえ》った。

(これも一期一会《いちごいちえ》——か)

ため息をつきつつスマートフォンをしまい、休憩時間を終えた私はドラッグストアの店員としての仕事に戻る。

夕方の時間帯で店内は混みつつあった。お客が列をなして並んでいるレジカウンターへ、私は応援で入ることにする。

レジへ向かう私の視界に、列に並ぶ銀髪の小さな女子高生の背中が見えた。

「お待ちのお客様、こちらのレジへどうぞ」

次の順番だったその女の子が、ダークブルーの瞳をこちらへ向ける。

そして彼女は、レジカウンターをはさんで私の前に立った。

「いらっしゃい、アーニャちゃん」

Mission.7
リターン・オブ・キラーマシーン

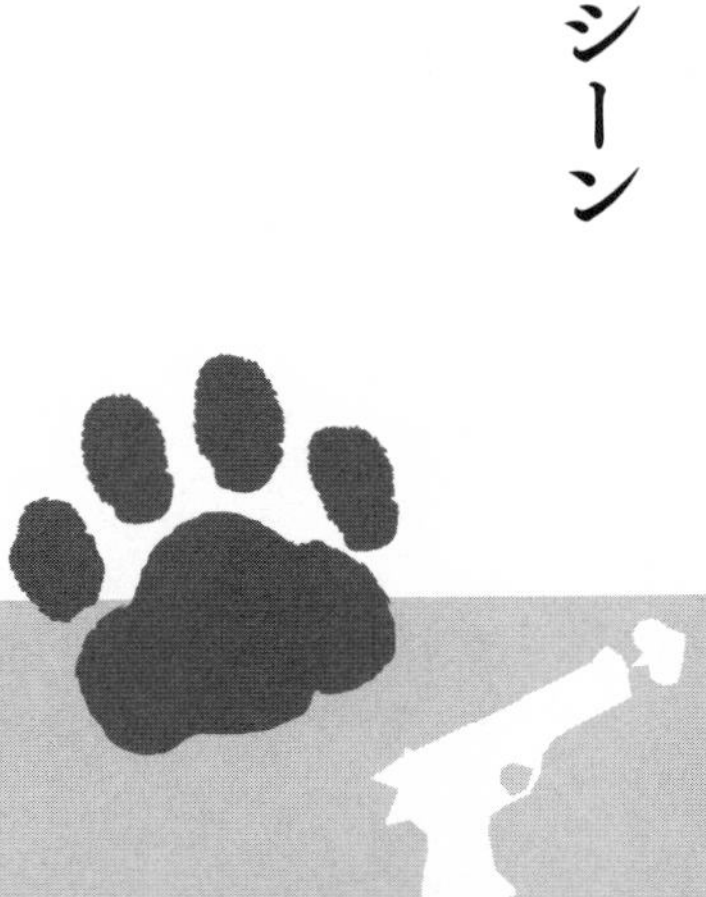

《コーシカ》を名乗る少女――宗像旭姫《むなかたあさひ》が私の部屋へ押しかけてきた月曜から、はや四日目となる木曜日の朝。

「いただきまーす」

ダイニングテーブルの上では、つややかな白米を盛った茶碗が湯気をたてている。

そして、焼いた塩鮭。玉ねぎとにんじんとじゃがいもの味噌汁《みそしる》。焼き海苔《のり》とパックの納豆。

それらの向こう側に見える、私より小柄な少女のきらきらと光る大きな瞳――

「どうしたの、アーニャ？　ポトフ風お味噌汁の具、微妙だった？　やっぱり無難にあぶらげとかお豆腐にしとけば良かったかな」

「いや、問題ない。良い味付けだ」

味噌汁をすする。野菜の甘みと味噌の風味がまろやかに調和しており、さわやかな後味を口に残した。私は続いて箸《はし》を使い、脂の乗った塩鮭の身をほぐして口に運ぶ。

私がしばし感慨にふけっていたのは、たった四日のうちにすっかり様変わりした生活のことだった。

こうして他者と起居をともにするのは、いつ以来のことになるのだろうか。

少なくとも、《家《ドーミク》》へ売られてきた一〇歳からあとはずっと隔離された施設で暮らしていた。ほかの子供たちの顔も知らず、他者との交流も戦闘訓練のほかはネットゲームを通してユキとあったぐらい。それも、マインドコントロールを目的とした組織のプログラムの一環でのことだった。

それよりも昔の記憶は、曖昧《あいまい》で良く思い出せない。

生き延びるのに必死で、ただひたすらに苛酷《かこく》だったろう日々。けれど私にも両親がいたはずで、平和なころはこんなふうな朝の食卓を囲んでいたのかもしれない。

それでも私は、もうこの旭姫との新生活になじみつつある自分を感じていた。人間とはなんとも不思議なものだ。

「今日の晩ごはんは何がいい？」

「なんでも構わない。私はただ、旭姫が作ったものを食べるだけだ」

「サイッテー」

塩鮭を白米と一緒に咀嚼《そしゃく》しながら、旭姫が呆《あき》れたような声をもらした。

「そういうの一番モチベ下がるんだってば。倦怠期《けんたいき》の夫婦じゃあるまいしさ。献立考えるのだって、結構めんどいんだから」

「そうか」

なるほどと思いつつ、私は納豆の上にちぎった焼き海苔を振る。

「旭姫の料理は基本的にすべて美味なので、なにが出てきても間違いはないと思っただけだ。私は、今からすでに夕食を楽しみにしている」

そして白米に海苔《のり》納豆をかけて食しながら、先ほどの発言について釈明する。

「…………」

旭姫《あさひ》からの返事はなかった。そちらに目を向けると、真顔でじっと固まっていた。どうしてか耳だけが真っ赤に染まっている。

「アーニャって、ずるい」

そして、ふてくされたように視線をそらしてそう言う。

「天然で普通そんなこと言う？　これで狙ってないっていうんだから……」

「なんのことだ？」

「あー、もう！　だから、そういうとこ！」

私の要領の得なさに苛立《いらだ》ったか、旭姫はヤケっぱちのように叫んだ。

「じゃあ、メニューはあたしが考えるから。その代わり、文句言ったら承知しないわよ」

「無論だ」

怒ったような、けれど浮かれたような旭姫の不思議な反応をよそに、私は彼女とともに朝食の箸《はし》を進めていった。

いつものように通学の支度《したく》を整えると、私と旭姫は同時に部屋を出た。合鍵《あいかぎ》はもう彼女に渡してある。

マンション前を通る国道の横断歩道を渡り、公園のある住宅地を抜け、橋を渡って河川敷へ。

この地域の小中高と多くの生徒が通学路として使っている突堤上《とつていうえ》の道には、旭姫と同じランドセル姿や私の着る鳥羽杜《とばもり》女子の制服姿も見かけられた。

その中に、見知った後ろ姿を見つける。私は近づくと、彼女の背中に声をかけた。

「おはよう、小花《こはな》」

「あ、おはようアーニャ」

私に気づいた小花が、こちらを振り向く。その視線が、私の隣を歩く旭姫に止まった。

「もしかして、その子が義理の妹さん？」

小花が微笑《ほほえ》みかけると、旭姫がその顔を見上げてぺこりと会釈《えしゃく》する。特に口裏を合わせていたわけではなかったが、さすがに頭の回転が速い。

「宗像《むなかた》旭姫です。いつも義姉《あね》がお世話になっております」

「わあ。すごくしっかりしてる子だねえ。わたし、アーニャのクラスメイトの松風《まつかぜ》小花。よろしくね、旭姫ちゃん」

それから旭姫は、小花の前で急に私の左腕に抱きついてきた。私よりも小さな体で、ぎゅっとしがみつくように。

「あはは。甘えんぼさんなんだ。お姉ちゃんとべったりくっついちゃって、仲良さそう」

「夜も、こうやっていつも義姉《あね》と一緒に寝てるんですよ？」

気のせいか、その口調と小花《こはな》を見つめる旭姫《あさひ》の視線が挑発的に感じた。小花とは初対面だというのに、なぜ妙な対抗意識を見せているのだろうか?

「へえ〜、いいなあ。ねえアーニャ、可愛《かわい》い妹さんだねえ」

しかし、小花は一向に気にするそぶりもなく笑っている。

「じゃ、あたし行くね。お姉ちゃん、」

小学校の方角へと続く通学路が足下に見えてくると、旭姫は突堤《とってい》からそちらに降りる石段へと歩き去っていった。

どうもさっきから、よそ行きの態度というのだろうか……小花を変に意識していたのが気になった。そしてそれ以上に、姉と呼ばれる違和感が落ち着かない。

「なんだか、わたしも妹がほしくなっちゃった。あんなになついてくれるのを見るとねえ」

家では全然あんなふうじゃないのだが……と口まで出かかったが、やめておいた。そのまま小花と並び、学校までの道を歩きだす。

「期末テスト、ようやく明日で終わりだね。アーニャは順調?」

「おおむね問題はない。ただ、古文に少し不安があるか……」

「あっそうかあ。『ありおりはべりいまそかり』とか、わたしたちでもなじみがないのに。そりゃ、アーニャは大変だよねえ」

小花が言ったような中世の主従関係にもとづく助動詞の変化や、教材となる作品が書かれた時代の常識感覚が現代と異なる点などなど……私にとって、古文はかなりの難関だ。

「アーニャ、英語は得意？」

「いちおう日本語と同じレベルでは使えるが」

「じゃあ、古文と英語で教えっこしない？　わたし、英語の文法が結構苦手なんだあ」

「そうか。私は問題ない」

「そしたら、今日の帰りに一緒に勉強しようよ。明日にそなえて」

たしかに、最終日のテスト科目は英語と古文のどちらも含まれている。

「了解した」

そして私たちは登校し、今日の科目である地理と化学と現代国語の期末テストを終え答案を提出した。

午前中いっぱいで三教科が終了し、午前一一時半。小花との勉強は、駅前のファミリーレストランで昼食を済ませてからと思ったのだが……

「わたしん家《ち》でいい？」

駅まで続く帰り道。ふいに小花からそんな提案をされたのだった。

「帰ったらお昼ごはんがあるから、一緒に食べて午後わたしの部屋でゆっくりやろうよ」

「異存はないが……小花の家のほうでは問題ないのか？」

「アーニャが遊びにきてもってこと？　もちろんだよお。てゆうかお母さん、いつもアーニャの話を良くしてるし」

「そうなのか？」

「うん。ラグドールとかシャルトリューみたいな女の子だって。お母さん、良くわたしの友達を猫にたとえるの好きなの」

そう言って、小花《こはな》はふいに手をつないできた。

「さ、いこ？」

「……うむ」

しっとりと柔らかい小花の指。その感触にいつかのような動揺を覚えつつ、私はそれを顔に出すことなく駅までの道のりを歩いていった。


小花の実家である大きな木造の古民家。昼間は猫カフェ『松ねこ亭』の客用往来口として使われている表玄関ではなく、庭の裏手に回った通用口から私は松風《まつかぜ》家を来訪した。

「あらまあ、いらっしゃあい。今日はお勉強会なんですって？」

縁側で布団を干していた小花のお母さんが、にこやかに私を出迎えてくれた。

「はい。お邪魔します」

「どうぞどうぞお。お勝手にお昼ごはんを用意してますから、召し上がってくださいねえ。カフェのまかない飯みたいで申し訳ないけど」

「とんでもない。遠慮《えんりょ》なくいただきます」

「アーニャ、こっちだよお」

小花に先導されて、古くて広い家の廊下を歩く。

柱は経年で深い飴色《あめいろ》になっており、廊下の床板は一歩ごとに小さく足下できゅいっと軋《きし》みを鳴らす。長く大事に使われた楽器を思わせ、不思議と心地のいい音だった。

たどり着いた台所には花柄のビニールクロスをかけたテーブルがあり、ラップをされた惣菜《そうざい》の大皿が置かれていた。ガスコンロにはカレーの大鍋。小花はてきぱきと、コンロに火を入れカレーを温め直す。またその間に、保温中の炊飯器から白米を皿に盛っていった。

「麦茶でいい?」

小花が冷蔵庫を開け、四角いポリタンクから麦茶をコップにそそぐ。そして温めた鍋のカレールーをそれぞれのライスにかけ、テーブルに置かれていた大皿のラップをとった。

「おお……」

大量の作り置きのコロッケが、大皿の上には山盛りに積まれていた。きつね色に揚げられた衣が金塊の山を連想させ、妙に感動的な光景に見えた。

小花はそれを、ひょいひょいと菜箸で自分と私のカレーライスの上に乗せる。

「コロッケ冷めちゃってるけど、トッピング用ならそのほうがジャンクで美味《おい》しそうだよねえ。じゃあ、食べよ？」

「うむ。では、いただきます」

私と小花《こはな》はスプーンを手に、コロッケを乗せたカレーを食べはじめた。

「なんか全然おしゃれじゃないっていうか、ＪＫ感ゼロなランチだねえ。あははは」

食べながら、小花はそんなことを言って笑っている。けれど、台所で食べる冷たいコロッケと温かいカレーライスは素朴な味わいで悪くなかった。

食後に二人で食器を洗うと、階段を登って二階にある小花の部屋へ。

するとさっそく、部屋に残留していた猫の毛に反応してアレルギーが出た。たれた鼻水を急ぎティッシュでかむ。

「アーニャ大丈夫？　いつもお店にきてくれてるから、つい考えなしに誘っちゃったけど」

「問題《もんだい》ない。慣れている」

それから雑談や休憩を交えつつ、教科書とノートを前に授業の復習をしていく。やはり、自分ひとりで学習するよりずっと理解の進みが早い。

そしてその間、色とりどりの何匹もの猫たちが勉強の妨害をしにやってきた。

ちゃぶ台の上にひょいと飛び乗るや、教科書の上にどてっと寝そべりページをめくれなくさせたり。はたまたそこに、もう一匹が飛び乗ってきて消しゴムや蛍光ペンを蹴散《けち》らしつつ猫プロレスに突入したり。

小花はそのたびに笑いながら、ちゃぶ台の上の猫たちを抱っこしては畳の上に下ろしていた。そのうち、猫の目的が小花に抱っこしてもらうことに変わっていったりもする。

いつもながら、本当に自由すぎる存在だとつくづく思う。彼らの無限にも思える好奇心と行動力はどこからくるのだろうか?

やがて勉強の邪魔に飽きると、今度は客人である私に興味の対象を移してくる。

プレッシャーを感じるほどの至近距離でじっと見つめてきたり、指や髪のにおいをかいできたりした。私は徹底無視の構えをとるが、猫たちは次々と交代で近寄ってはクンクンにおいをかいでいく波状攻撃をしかけてくる。

「猫って割りと、かまってくれない人のほうに寄ってくるところがあるんだよねえ。逆に、猫と遊びたくてかまってくる人は避けたり」

そんな私と猫の様子を見て、小花がそうコメントする。

もしそれが本当だとしたら、猫好きの人間にとって猫とは追えば追うほど逃げていく蜃気楼《しんきろう》のようなものではないか。なんという、あまのじゃくで非情な生き物なんだろう。

「……そう言えば、あの大きな年寄り猫の姿が見えないが」

この家にきたときは、いつも尻に感じるずっしりした重みが今日はなかった。私の尻を枕がわりに寄りかかってきた、ホルスタイン牛柄のふさふさとした毛足の猫。

「モーさんは、おとといから入院中。病院に連れていったら透析が必要で、すぐにあずけたほうがいいってことになって」

老いた猫のことを思い出したのか、小花《こはな》の声が少し湿り気を帯びる。私を気づかって笑おうとしているせいで、どこか苦笑いのようになっていた。

「でも、入院はこれが初めてじゃないし……たぶん週末には退院できると思うよ。猫の腎臓病って、長く付き合っていくしかない病気だから」

胸に軽い痛みのようなものを覚えたのは、そのときのことだった。

なぜかはわからない。他人の猫が病気だからといって、私が悲しさを感じる理由はないはずだった。私は、たったひとりの友達の死を前にしても涙を流さなかった人間なのだから。

「どうかした？」

「いや、なんでもない。続けよう」

それから三時間ほど経《た》つと、窓辺に射す西日が黄色く色づいてきた。時計を見ると、午後四時前。さすがにお互い疲れていた。

「これぐらいやっておけば、十分だろう。集中力が欠けた状態で続けても学習効率が悪い」

「そうだねえ。ああ、久々にがっつり勉強したあ……なんか熱出てきそうだよお」

小花は大きく伸びをすると、ふと私を見る。

「七時ぐらいになると思うけど、夕ごはんも食べてく？　うちは全然構わないよ？」

「ありがたい誘いだが、義妹が待っているので今日は帰るとしよう」

「うん、わかった。旭姫《あさひ》ちゃんによろしくねえ」

小花に見送られた私は、帰りは玄関口から松風《まつかぜ》家をあとにした。

そして駅から電車に乗り、私鉄沿線の三駅離れた我が家のある地域へ。マンションの部屋へ帰ると、キッチンに立つエプロン姿の旭姫がいた。

「ただいま」

ペティナイフでたまねぎをみじん切りにしながら、旭姫が横目でちらりと私を見た。

「……お帰り。テストで早上がりって聞いてたけど、ずいぶん遅かったのね……お昼はどうしてたのよ？」

「友人の家で勉強していた。昼食もそこで振る舞われた」

「ふーん」

そして、そんな母親めいたことを訊《き》いてくる。

旭姫の態度は、妙にテンションが低く冷淡だった。

「アーニャにも仲いいお友達ができて何よりね。朝会ったあの人？」

「うむ。夕食も誘われたが、辞退してきた」

そう言うと、旭姫が初めてこちらに顔を向ける。

「そうなの？ 前もって連絡くれれば、別にごちそうになってきても良かったのに……お友達と食べたほうが美味《おい》しいだろうし？」

「朝、言ったはずだが。旭姫《あさひ》の作る夕食を楽しみにしていると」

旭姫の手が止まった。こちらに顔を向けたまま、そのまましばし固まっている。

やがて……

「あっそ」

満足げな笑みの形に口の端をつり上げると、そっけなくそう返した。

「そうよね。あんたの胃袋は、もうあたしにがっちりつかまれちゃってるんだもんね——さ。せいぜいお腹を減らして待ってなさいな、いやしんぼのアーニャさん？　こうなったら、腕によりをかけて作っちゃうんだから」

そして急に機嫌よく鼻歌を奏でながら、今までの倍ぐらいのテンポで手を動かしはじめる。

指を切ってしまわないか少し不安だったが、旭姫の包丁さばきは機械のように正確だった。

ちなみに旭姫の作ったハンバーグステーキは、絶品の味だったのは言うまでもない。


翌日の金曜日。

三学期の期末テストが、今日でようやく終わった。

終業式の日まで残すところ一週間。あとは消化試合のような授業が待つだけになる。

解放感にひたる者もいれば、梅田《うめだ》のように追試の予感で早くも憂鬱《ゆううつ》になる者もいた。

下校後、小花《こはな》は入院している牛猫（モーさん）のお見舞いで動物病院へ。

私も付きそいがてら同行しようと思っていたが、校門をくぐったタイミングで車のクラクションがふいに鳴った。

周囲に視線を巡らすと、見覚えのあるダークグリーンのスポーツカーが学校の塀《へい》ぞいに停まっているのに気づく。久里子《くりす》明良《あきら》のロータス・エリーゼだ。

「小花。担任の樋口《ひぐち》先生に用事があったのを思い出した。すまないが、時間がかかりそうなので同行はできない」

「うん。じゃあまた月曜日にねえ」

とっさに適当な名目を口にし、小花と別れた。去っていく小花の背中が十分に遠ざかるまで見送ると、私はきびすを返して濃緑色のロータスへと向かう。

「私に用か、明良」

運転席をのぞきこむと、明良がこちらを見上げて微笑《ほほえ》んでいた。

「アーニャちゃんをお迎えがてら、ドライブに誘おうと思って。乗ってくれる？」

明良はそういうが、無論それだけの用件ではないだろう。

「わかった」

私はその真意を確かめるため、明良の誘いに乗ることにした。助手席側のドアを開け、コクピットの趣《おもむき》がある天井の低い座席に身を滑りこませる。

ドアを閉めシートベルトをかけると、明良《あきら》は車を発進させた。

「実はね、アーニャちゃんに相談があって会いにきたの」

市内の国道を法定速度で流しながら、明良が口を開いた。やはり何かあるようだ。

「週末、ちょっとアルバイトしてみる気はない？」

「どういう意味だ？」

私は、あえて会話の間をとるためにそう返した。

「『さくらドラッグ』のパート店員じゃないほうの、私の仕事を手伝ってほしいの」

殺し屋の仕事――やはりそういうことかと、事前の予想が当たったことを悟る。薄々そうと察していたので、さっきは明良に気づく前に小花《こはな》と別れたのだ。

「場所は東京。仕事は今夜。準備もあるから、もし引き受けてくれるならこのまま都内の隠れ家《セーフハウス》に直行したいのだけど……どうかな？」

「断る」

私は即答した。

今の私には、組織時代のように銃やナイフをとっての非正規戦闘《イリーガルコンバット》をこなしている余裕などはない。一日も早く通い猫を手なずけ、殺人ウィルスに対する常備特効薬を確保するというミッションが今夜も待っているのだ。

他人から見ればひどくばかばかしい話だろうが、私にとってはまぎれもなく生死がかかった重大事。決して甘く見ることも、おろそかにすることもできはしない。

「やっぱり無理よね。わかったわ」

食い下がってくるかと思いきや、明良は思いのほかあっさりと引き下がった。

「実はね、お願いはもう一つあるの。聞いてくれる?」

「内容にもよるが、聞くだけは聞こう」

「鵯橋《ひよどりばし》二丁目公園。場所はわかる?」

そう言った明良の横顔に、うなずきを返す。私のマンションからもそう遠くない場所にある、小さな公園だ。

「そこに良く出没する、三毛と茶トラの野良猫がいてね。私がいつも、仕事帰りに餌《ごはん》をあげているの。もしも私が、明日以降この町に戻ってこられなかったら――」

「ちょっと待て……猫、だと?」

因縁《いんねん》の宿敵の名をふいに聞かされたように、私は激しく動揺していた。

「猫に関係ある話は、自分のことだけでもう手いっぱいなんだ……! 明良の代わりに餌をあげてくれという頼みだったら、私にはとても無理だ!」

つい過剰反応し、大声を上げてしまった。これまでさんざん苦手な猫に振り回されてきた反動が、ここへきて一気に噴出する。

ハンドルを握る明良が、小さくため息をついた。

「そう……なら仕方ないわね。あの子たちのことは、あきらめるわ」

そして、淡々と乾いた声でそうつぶやく。自分の命にさえ何の執着も持たない、プロフェッショナルの殺し屋としての声で。

「――――」

その瞬間、胸に微弱な電流にも似た痛みが走るのを感じてしまった。

昨日の小花《こはな》宅で私を襲ったものと、まったく同じ現象だった。

私とは何の関係もない、よその猫の話だ。なのに、まるで自分が見捨てたかのような罪悪感にさいなまれているとでもいうのだろうか？　だとすれば、あまりにもばかげた話だ。

今の旭姫《あさひ》とそう変わらない年齢のころから、私は何人もの標的を闇に葬《ほうむ》ってきた。

その人間たちにも家族や愛する者たちがいたはずだが、それを思って心を痛めたことなどかつて一度もないというのに。

私はいったい、どうなってしまったというんだ……？

自分の中に、かつて自覚したことのない脆弱性《ぜいじゃくせい》を見出《みいだ》してしまう。ほんの数週間前までの、シベリアの大地のように冷たく乾いた理想の精神状態が嘘のようだ。

得体のしれない不快感に襲われ、気分がどうにも落ち着かない。

ゆらぐ私を試すかのような、ＤＯＨＣエンジンの振動音が車内に響く中……

「……わかった」

いつしか私は、うずまく葛藤《かっとう》を振り切るようにそう答えていた。

「明良《あきら》に手を貸そう」

決して本意ではない。しかし私が平常心を取り戻すには、もはやそうするほかないように思えた。そうしなければ、得体のしれないこの棘《とげ》は胸から抜けそうにないから。

明良の仕事をサポートし、彼女を生還させる確率を上げる。そうすれば、あとは明良とその野良猫たちの問題だ。私の知ったことではない。

「本当に？」

「うむ……仕方あるまい」

複雑な感情を持て余しつつ、私はもはや観念の境地にあった。

またしても、私の行く手に立ちふさがったのは猫だった。こうなると、何か試練や宿命めいた縁すら感じてしまう。

「ありがとう、アーニャちゃん。大好きよ」

ふいに大輪の花が咲いたかのように、華やかでまぶしい明良の笑顔。それをすぐ横に見て、心臓にさっきとは違う意味での異常を覚える。

「じゃあ、このまま東京へ向かうわね」

「待ってくれ。一度帰宅して、私服に着替えておきたいのだが」

ギアに手をかけた明良を制し、私はそう申し出た。

鳥羽杜《とばもり》女子高の制服は所属を特定できる要素であるため、隠密性《おんみつせい》を考えれば着ていかないほうがいいように思える。万が一に下手を打って逃走が必要になるような場合、防犯カメラの数が異常に多い東京都下ではのちのリスクにもつながりかねない。

また、それとは別に血や硝煙《しょうえん》でこの制服を汚すことにも心理的な抵抗がある。そう意識したとき、脳裏に浮かんだのはなぜか小花《こはな》の顔だった。ついでに『松ねこ亭』へ寄って猫成分を補充しておくべきかとも思ったが、明良《あきら》の話ではすぐに出発する必要がありそうなので断念する。万が一のときは現地調達も可能だろう。東京都内なら、猫カフェを探すのはこの土地より容易なはずだ。

「了解。じゃあ、まずアーニャちゃんのマンションね」

明良は私鉄駅方面にハンドルを切ると、北口のロータリーを迂回《うかい》し私の自宅へ進路を向ける。およそ数分でマンション近くの路上に着いた。

私は明良を車内で待たせ、通学バッグを持って部屋に戻る。そして制服を脱いでハンガーにかけると、私服の吊《つ》るされたクローゼットを開けた。

「……ん?」

そこには『アーニャ私服セット』が二種類用意されているはずだった。

しかし今、普段使っているフードパーカーとデニムのショートパンツのほうがない。

つまり現在あるのは、もう一種類のほうだけということになる。

——謎のメイド服だけが。

旭姫《あさひ》はまだ学校から帰っていない。スマートフォンを取り出し、メイド服じゃないほうをどこにしまったかを尋ねるメッセージを送った。今の時間は昼休み中なので、問題はないはずだ。

しばらくすると、彼女からの返信が戻ってきた。

Кошка『染み汚れがあったので昨日クリーニングに出しておきました。戻ってくるのは週明けの月曜日』

「旭姫ぃぃぃぃぃぃぃぃぃぃッ!?」

かつてない絶望の中で私は叫んだ。

……いけない。私としたことが、つい取り乱してしまった。いついかなるときも冷静さを失ってはならないというのに。深呼吸し精神を集中。平常心を取り戻していく。

彼女はなにも悪くない。むしろ良く気の利くいい子なのだが、よりによってタイミングが最悪すぎる。

こんな事態になるなら、事前に私服のバリエーションを増やしておくべきだった——と、あまりにも遅すぎる後悔にさいなまれた。実は、旭姫《あさひ》にも服を買いにいこうと提案されてはいたのだが。

私は一度脱いだ制服のハンガーを前に、大いなる決断をしいられていた……

五分後。

私は、堂々たる足どりで明良《あきら》の待つロータス・エリーゼへと向かっていた。

黒と白のメイド服を、全身にまといながら。

こうすることによって、学校の制服を着ることとは逆の効果がえられるのだ。

メイド服という「記号」を帯びた今の私は、個人からメイドという象徴《アイコン》に変化している。私の姿を見た者の記憶には、みなこの悪目立ちするメイド服だけが焼きつくだろう。

結果として、目撃者に顔を認識されるリスクが軽減——理論武装は完璧だ。

鋼鉄の精神をまといつつ車のドアを開け、助手席のシートに座る私を明良がじっと見つめていた。

ただ黙って見られているというだけなのに、横顔にナイフを突きたてられているかのごとく痛みを感じるのはなぜだろう。

「……わあ」

やがて。口元だけが微妙な笑みの角度に固まった表情で、明良が声をもらす。

「す、すごく似合ってるわよ？　やっぱり、かわいい子は何着てもフォトジェニックよね」

「…………」

「いや、ほんと！　似合ってるっていうのは嘘じゃないの！　ただ……意外な私服のセンスだなあって。やっぱり外国人から見た日本の姿って、私たちとはいろいろとギャップがあるんだなあとか……」

明良は異常に早口になっていた。

「誤解の訂正を要求する。私は普段からこういう服を着ているわけではない」

「あ、やっぱり？　それはそうよね」

少しほっとしたように、明良の声が軽くなる。

「これは一種の戦闘服だ。なぜ日本のサブカルチャージャンルで、メイド姿の女子が銃や剣などをとって戦うものが多いのかを不思議に思ったことがあったが……どうやら、その答えに私は至ったようだ」

「え……そうなの？」

明良の声が、再び不安を隠せないものになっていく。

「その理由を、東京へ着くまでに説明しよう。車を出してくれ、明良」

「……はーい」

なぜか虚無的な表情になった明良《あきら》が、何かをあきらめたようにアクセルを踏んだ。

明良の隠れ家《セーフハウス》は、窓からスカイツリーが望める江東区亀戸《こうとうくかめいど》にあるマンション上層だった。

「たいしたものだな」

私の部屋と同じ３ＬＤＫの内部は、実質的に武器庫のようなものだった。ガンオイルとグリースのにおい。壁一面に設置されたレール移動式のスチールラックには、定期的に整備された痕跡《こんせき》のある銃器類やナイフが並んでいる。弾薬の備蓄も大量にされていた。

「今や半分、趣味のコレクションみたいなものね。日本国内での仕事だと、そこまでの火力は必要ないし。実際に私も、帰国してからここにある銃を持ち出したことはないわ」

明良はそう言うと、手近のラックに架けられたセミ・オートマチックのショットガンを手にとった。イタリア製ベネリＭ４スーペル。ダブルオー・バック——三三口径の鹿撃ち用散弾《バックショット》を一発で九個ばらまく一二ゲージ装弾薬《ショットシエル》を連射可能な、近距離殺傷力の高い銃だ。

「今夜の標的が相手だと、作戦によっては必要になるかもしれないから」

「詳細を聞こう」

明良はベネリをラックに戻すと、代わりにグラスをふたつ用意した。炭酸《ガス》入りミネラルウォーターのボトルを冷蔵庫から出すと、栓を抜いてそそぐ。

私は、差し出されたグラスのひとつを受け取った。はじける泡とともに、ライムのフレーバーが鼻先に香る。

「名前はマージョリー・ウォン。まだ三〇歳の女だてらに、香港《ホンコン》の三合會《トライアッド》で勢力を伸ばしている幹部格ギャングよ」

スマートフォンの画面を指でスライドし、明良が女の顔写真を私に見せた。

「チャイニーズ・マフィアか」

三合會《トライアッド》は、香港の裏社会を牛耳《ぎゅうじ》る巨大犯罪組織だ。香港以外のアジア圏の大都市にも影響力を持っている。

「ウォンには特別な趣味があってね。かわいい女の子に目がないの。それも日本人が大のお気に入りらしいわ。来日するたび、ナンパした女の子たちを集めて夜通しパーティを開くの」

「なるほど。そのパーティに、我々がサプライズを演出する――と」

「そう。今夜零時、場所は六本木《ろっぽんぎ》。お忍びとはいえ、武装した護衛は当然帯同しているわね。特に厄介《やっかい》なのが、ウォンのお気に入りの黒蜂《ヘイフォン》。アーニャちゃんともそう年の変わらない女の子だけど、相当な凄腕《すごうで》だって業界筋じゃ有名よ」

「その名前には聞き覚えがある。ミャンマーの少年兵あがりで、凶暴な殺し屋がいると。たしか、私より二つ年上の一八歳のはずだ」

直接相まみえたことはないが、《ブラック・ビー》の異名はロシアの《家《ドーミク》》にも響いていた。

今は香港《ホンコン》で女マフィアに飼われていたとは知らなかったが。

「一介のフリーランス業者には、明らかに大きすぎる的のように思えるのだが……場合によっては、香港本土の組織から報復を受ける可能性もあるだろう」

「依頼主《クライアント》は、その三合會《トライアッド》なの。怖いもの知らずで奔放《ほんぽう》なウォンは、その勢力を煙たがった対抗派閥から人知れず粛清《しゅくせい》されるというわけ。よその国で、どこかの馬の骨にね……だから、私のような零細業者にわざわざお鉢が回ってきたのよ」

そう言って炭酸水を口に運ぶ明良《あきら》。長い睫毛《まつげ》の下で瞳が潤んでいるように見えたのは、グラスの中で弾《はじ》ける炭酸《ガス》のせいだろうか。

「状況については理解した。作戦を決めよう」

私は冷えたミネラルウォーターを一気に飲み干す。ふいに乾いたシャッター音がパシャリと鳴った。

ふと視線を向けると、明良が嬉《うれ》しげな笑みを浮かべてスマートフォンを手にしていた。

「アーニャちゃんのレアなメイド服姿、つい撮っちゃった。待ち受け画面にしようかしら」

私はため息をもらし、さっきの明良の憂《うれ》い顔は見間違いに違いないと思い直したのだった。


深夜一時。

パーティ会場である、港区六本木《みなとくろっぽんぎ》のビル二四階にテナントしたクラブ。

私はエレベーターのドアが開くと、ぶあつい防音扉で閉ざされたエントランスへ続く廊下をゆっくりと歩いていった。ふところの中には、隠れ家《セーフハウス》を出る前に明良から渡された「お守り」とやらがある。小さな布袋だが、中身が何かは知らない。

青いネオンサインの看板には貸し切りの表示がされたプラカードが架かっており、明らかに裏社会の人間とわかる黒いスーツの男がふたり立っていた。

私の容姿には、危険を示す記号は何一つない。

身長一五〇センチに満たない一〇代の少女。銀髪のロシア人であるということも、身にまとっているのがミニスカートのメイド服とあれば警戒心にはつながらないだろう。ボスお気に入りの女を集めるというパーティの趣旨を考えれば、なおさらだ。

左側に立つオールバックの大男が、にやけた笑みを浮かべながら形式どおりの身体検査で手を伸ばしてきた。

私はその右手人さし指を握ると一瞬でへし折り、男が悲鳴をあげる間もなく手首の関節を極《き》めて膝《ひざ》を床につかせる。

ようやく絶叫をあげた男の顔面に、手首を極め固定した状態で膝蹴りを突き刺す。もう一人の男が反応をみせるが、そのとき私はもう彼の背後に立っていた。

その背中に飛び乗ると、するりと首に両腕を巻きつける。抵抗する間もなく、頸動脈《けいどうみゃく》へ食い込んだ絞め《チヨーク》により男は白目をむいて失神した。

先に倒されたほうの男は、折れた鼻から血を流しながらも起き上がろうとしている。さすがにデカいだけあってタフだ。しかし、そのせいで彼は余計なダメージを負わなくてはならない。

私は四つんばいになった男の後頭部に、頭の上まで足を振り上げた反動を乗せてカカトを落とす。彼は顔面から床に激突し、今度こそ動かなくなった。

ここまで、交戦開始から約一〇秒。

「……鈍ったな」

実戦の任務から遠ざかって数週間。反射神経が落ちたのか、殺傷本能が衰えたのか、それともその両方か……自分の動きに若干の不安を覚えながら、私はクラブの防音扉に体重を預けて押し開けた。

大音量で流れるＥＤＭに乗って、ライトの下で踊り狂う少女たち。重低音が空気圧となって押し寄せ、心臓を殴りつけるように震わせた。

フロア奥のボックスシートで、アンニュイに娘たちをはべらせている美女を見つける。スパンコールをちりばめた豪奢《ごうしや》なドレスを着た、女の顔を確認。標的のマージョリー・ウォンに間違いなかった。

私はそちらに向け、少女たちの森をすり抜けながら近づいていった。

酒に酔った表情のウォンがこちらを見る。私がフレンドリーに笑いかけると、向こうも退廃的な微笑を浮かべた。

「あら……花園に迷いこんだ妖精さんかしら？　とってもかわいいメイドちゃん……さ、こっちにおいで」

こちらへ向け手招きするウォンへと、私は距離をつめていく。

彼女の座るボックスシートまで、あと五メートル。私はスカートの中に右手を入れ、太ももに巻いたレッグホルスターに収めたマカロフ自動拳銃のグリップを握った。

「おおっと」

いきなり肩を抱かれたのは、その瞬間だった。

横目でそちらを見ると、背の高い黒髪の少女が凶悪な嗤《わら》いを浮かべていた。

長い前髪に蛍光グリーンとピンクのメッシュを入れ、右目が隠れている。そして、異常な数のピアスが耳にびっしりと光っていた。

「こ～んな物騒なモノをスカートの下に隠してるような女を、ボスのそばにいかせるわけにはいかねえなァ。え、なんだよコレは？」

少女の右手が、スカートごしにマカロフの銃身をつかんでいた。

「ガッチガチに硬えな～。オメエのちんぽか、コレ？　フタナリってやつかよ。ギャハハ！」

そして、ふざけたように躁的《そうてき》な高笑いをあげている。

大音響の中とはいえ、これほど接近されるまで気づけなかった。明良《あきら》にも匹敵するストーキング技術……間違いあるまい。この少女こそが殺し屋の黒蜂《ヘイフォン》だ。

相手の正体を察知すると同時に、私はスカートの中の銃をわしづかみにしている黒蜂の右手を逆につかむ。そして親指を握ってへし折りにかかるが、黒蜂は同時のタイミングで頭突きを放ってきた。

「ッ！」

ゴツンという鈍い衝撃音が、頭蓋骨で鳴った。視界に火花が散り、左目の上に激痛が走る。至近距離からというのもあるが、自分の指が折られるのを物ともしない捨て身だからこそ食らってしまった。すさまじい思いきりの良さだ。

私たちの距離が離れると、フロアの壁際にいた黒服の護衛がこちらの異変に気づいた。ふところから拳銃を抜こうとする。

私は体勢を立て直しつつ、それよりも早くマカロフを抜き撃ちに発砲した。黒服が倒れると、少女たちの悲鳴が一斉にあがる。

黒服の護衛はもうひとりいた。突如《とつじょ》はじまった銃撃戦に対応しようとするが、逃げ場を求めて入り乱れる少女たちの流れに呑《の》まれ、敵の姿を見失っていた。

「殺し屋だ!!　ここはオレにまかせてボスを逃がせッ！」

黒蜂がヘッドセットのインカムで指示を飛ばすと、護衛はウォンを連れて非常口へと誘導していく。

私は黒蜂にマカロフの銃口を向けるが、今度は私が右往左往する少女たちに阻《はば》まれ標的をロストしてしまった。

直後——脳天を真っ二つにされたかのような殺気が背筋を走る。

「上か⁉」

とっさにふりあおいだ頭上。天井のライトを背に、高々と跳躍する黒蜂のシルエットが映った。その左手には、刃が黒く塗られたコンバット・ナイフが握られている。

「死ねやオラァァァッ！」

回避は間に合わない。反射的に、私はマカロフの銃身でそれを受けた。

ぞっとするような金属音をたて、銃身をナイフの刃が縦に割って深く食いこむ。すさまじいまでの怪力だった。

銃を破壊されたが刃を止めた私は、拳銃ごと相手のナイフをひねって手首を極《き》めようとする。が、黒蜂はそれより早く手を離し自らナイフを捨てた。やはり思いきりがいい。

私もまた、使用不可能となったマカロフを放棄《ほうき》する。腰の後ろにはカランビット・ナイフを隠し持っているが、いざという局面での奥の手として温存する戦術を選んだ。

それぞれ素手となった私と黒蜂が、あらためて一対一で向かい合う。ゲストの娘たちは全員が外へ逃げ出し、クラブ内にはもはや私たちふたりしか残っていない。

「……キヒッ！」

エキセントリックな笑い声をもらすと、黒蜂《ヘイフォン》が脱臼《だっきゅう》した右親指を左手でひねって関節を入れ直した。相当な激痛がともなうはずだが、奴は平然と歯をむき出して嗤《わら》っている。

「おい白髪《しらが》メイド。オメエいったいなにもんだぁ？　その動き、どう見ても特殊部隊系のヤツじゃねえか。ただの殺し屋じゃねーな？」

粗暴な言動に似合わず、なかなか優れた分析力だった。

私が組織に叩《たた》きこまれた格闘メソッドは、旧ソ連軍の特殊部隊スペツナズが開発した『システマ』の身体操作をベースに、イスラエルの護身術クラヴマガの急所攻撃、ブラジリアン柔術の関節技などをミックスした総合殺人術とでもいうべきものだ。

黒蜂についてはは不明だが、これまでの攻防で感じた爆発力は相当なものがあった。

着やせして見えるが、服の下にはおそらく男のように鍛えこんだ筋肉があるだろう。攻撃も、その強みをフルに活《い》かしたものだ。

そして技術以上に、生まれついての闘争本能や殺傷本能が人並み外れて強いタイプ。いわば人間の姿をした野獣というところだった。

「まあいいや……どこのナニモンか、ボコにしてからたっぷり身体《からだ》に訊《き》いてやるぜ～。オレの拷問《ごうもん》はネチっこいからよお、覚悟するんだなァ」

興奮した目つきで舌なめずりしながら、黒蜂が両の拳《こぶし》を持ち上げ高く構えた。

ボクサーのようなファイティングポーズだが、前後に両脚を開いたスタンスはそれよりもずっと広い。むしろ伝統派のカラテ家に近かった。

威嚇《いかく》するように体を上下に揺さぶると、フロアを蹴《け》り一瞬にして間合いに飛びこんできた。

時間が消し飛んだと錯覚するほど、圧倒的に速い出入りのスピード。

「ッシャラァァァァッ!!」

拳の間合いに入った黒蜂が、大きく身体をねじりながら左右のフックを振り回してきた。

ねじりが生みだす反動により加速する拳は、一発目より二発目、それよりも三発目と次々にハンドスピードを上げていく。

体幹の強さと無尽蔵のスタミナにものを言わせた、無呼吸連打。一発でも当たれば、嵐に巻きこまれた小舟のように叩きのめされてしまうだろう。

だが、私は静止したサンドバッグではない。

黒蜂の直線的な闘法も、すでに見切った。ＭＭＡ（総合格闘技）をベースにした実戦ケンカ殺法といったところだが、すべて見える。問題ない。

ラッシュの四発目に合わせて、反撃の一手を合わせる呼吸を計った瞬間——

「ぐッ……!?」

どくん、と心臓が不正に激しく脈打った。

全身に悪寒と激痛が広がっていく。目がくらみ、筋肉が萎《な》えた。

（こんなときに……！）

私の体内に巣食った殺人ウィルス、《血に潜みし戒めの誓約《クローフィ・クリヤートヴァ》》。その発症がいつものごとく突然やってきたのだ。それも、強敵との命のやり取りの最中に。

考えられる限り最悪のタイミングだった。メイド服を着ることになった一件といい、昨日からの私は運に見放されているとでもいうのか……!?

次の瞬間、爆弾が炸裂《さくれつ》した。

私の首から上は胴と切り離され、地平線の彼方《かなた》までサッカーボールのように吹き飛ばされる——そうと錯覚するほどの、強烈な横殴《よこなぐ》りのフックを顎《ジョー》へまともにもらった。

頭蓋骨の中で、脳がプリンのように何度も激しくシェイクされる感覚。もし発作の激痛に襲われている最中でなければ、一撃で意識を断たれ失神していただろう。

殺し合いの中での失神は、即座に死を意味する。皮肉にも殺人ウィルスに助けられたとも言えるのだが、そのウィルスはあと一〇分以内に私を殺す。現状、希望はどこにもなかった。

(なんて硬い拳《こぶし》だ……ッ)

大きくバランスを崩しながら、私は腹式呼吸で痛みを散らし集中力を取り戻そうとする。

「キャオラアアァッ!!」

が、それを許してくれる黒蜂《ヘイフォン》ではなかった。砲丸じみた重さのボディアッパーがぶんと唸《うな》り、私の腹を急角度で突き上げる。

「ぐはぁあッ——」

軽量の私の身体《からだ》が、完全に床から宙に浮く。寸前で締めた腹筋をぶち抜いて、衝撃が背骨にまで貫通した。喉元《のどもと》にこみ上げた吐瀉物《としゃぶつ》を必死に飲み込む。

前のめりに沈みかけた身体を、なえた両足で必死に支えて踏んばる。そのとき、目の前で黒蜂の長身がふわりと宙に舞った。

両足で踏み切り、思いきり空中で膝《ひざ》をたわめ、まるでミサイルを撃ち出すかのように――

「ブッ飛びくされ!!」

まさかのドロップキックだった。

黒蜂の全体重を乗せた一撃を食らった私は、彼女の宣言どおりに後方へと吹き飛ばされる。

背中に強烈な衝撃。五メートル先の壁に叩《たた》きつけられた私は、ずるずると力なくダウンした。寸前で自ら後ろへ跳んでいなければ、胸骨を砕かれ肺が破裂していたかもしれない。

「ぐ……う、ぅ……っ」

直撃はかわしたとはいえ、全身が毒素に蝕《むしば》まれた激痛にしびれていた。

戦場での本能のまま、痛みに逆らい立ち上がろうとする。が、すでに脚に力が入らない。呼吸が苦しく、視界が紫色にブラックアウトしつつあった。

(……ここで死ぬのか、私は)

任務の失敗は死を意味する。物心ついたときから、とっくに覚悟している人生の掟《おきて》だ。

だというのに……

（死にたくない――）

私は、心の底からそう思ってしまっていた。

死に臨む平常心がかき乱される。脳裏に浮かぶのは、誰かの笑顔だった。

どこまでも温かく、私の存在を包みこむように迎え入れてくれる笑顔。

（小花《こはな》……旭姫《あさひ》……）

生きて帰りたい。彼女たちの待っている、あの場所へ。

ここで死ぬわけにはいかない――私は、もう一度なえた足腰に全力を命じる。

ドロップキックから着地した黒蜂《ヘイフォン》は、すでに立ち上がりこちらへ悠然と歩を進めてくるところだった。

「オイオイ、もう終わりなのかよ？　期待させてくれた割りに全然ショボいじゃねえか～」

立ち上がれない私を冷たい目で見下ろし、黒蜂は私の顔面をショートブーツの底で踏みつけてきた。その声には本気で残念そうな響きがある。

そのとき、ポケットに入れていたなにかがフロアに転がり落ちた。

口をしばった布製の小さな袋。中に何が入っているのかは、まだ確かめていなかった。お守りだと、出る前に明良《あきら》から渡されていたものだ。

私と黒蜂の視線が、同時にその袋へと移った。

とっさにそれへと手を伸ばしたのは、意味などないただの本能だった。しかし、私の行動に対応する黒蜂にとってはそうではなかった。

その袋に、必ずなんらかの意味がある——そう確信したかのように鋭い眼光で、ローキックを飛ばす。そのスピードは今の私をはるかにしのぎ、ショートブーツの爪先が私の手より早く袋をとらえた。

黒蜂の放った蹴《け》り一閃《いっせん》は、その速度ゆえ刃物に匹敵する鋭さを帯びて布地を切り裂く。

刹那《せつな》、眼前を金色に光るなにかがはらはらと宙に舞った。破れた袋の中にあったものが。

それは——

「なんだァ？　動物の、毛ェ……？」

黒蜂が怪訝《けげん》そうに眉根をひそめた。

そして照明の光の中で舞う、無数の細かいあの、、、生物の抜け毛の向こうで……

「はぷしょんッ！」

私の放った特大のくしゃみが、静寂を破り響いたのだった。

目と鼻の強い痒《かゆ》み。肌に浮かび上がるじんましん。されど、私の身を侵す病毒はもはやなく。

私は、猫アレルギーで復活した肉体にみなぎる力を感じながら立ち上がった。

「待《ま》たせたな——一〇〇%でお相手しよう」

呆然《ぼうぜん》とたたずむ黒蜂《ヘイフォン》に向け、私は静かに戦いの構えをとる。

「ハナたらしてイキがってんじゃねえッ!!」

我に返ったかのように、黒蜂が殺気に満ちたラッシュとともに突っこんできた。

おそるべきその猛スピード、猛パワーの脅威はすでにこの身をもって体感している。

だがしかし——

「ッッ!?」

一瞬の交錯、そのあとに。

「……なん、だとォッ?」
フ、フ、ア、の、床、に、自分から突っこんで激突した衝撃と痛み。そしてそれ以上に何が起こったのかがわからない不可解に、黒蜂はあわてたように叫んでいた。
私の足下に這《は》いつくばり、驚愕《きょうがく》の瞳でこちらを見上げながら。

私は剛腕フックを振り回す黒蜂の懐《ふところ》に一呼吸で入ると、その服をつかみながら足をかけ進行方向へ放り投げただけだった。

はたから見れば、黒蜂は私とすれ違うや勝手に転倒したようにしか見えないだろう。私自身

は、ほぼ力を使っていない。黒蜂《ヘイフォン》は、全力で私を殴ろうとして自分自身を殴ったようなものだ。

「テメエ……ッ、なにをしやがった……？　なぜテメエみたいなチビに、こんなあっさり……」

黒蜂の呼吸は荒い。肋骨《ろっこつ》が折れたのは確実だろう。路上のアスファルトであれば、今の投げ一発で決まっていてもおかしくはない。

だがそれほどのダメージを負いながらも、黒蜂はなお闘志を失わず立ち上がってきた。

「すべての力には、二種類の属性がある。質量——エネルギーと、方向——ベクトルだ」

ポケットティッシュでハナをかみながら、私は答えた。かつて格闘術の教官から授けられた訓《おし》えが、自然と口をついて出ていく。

「質量に質量で対抗するには、より強いパワーやより速いスピードをもって上回るしかない。だがベクトルを制すれば、弱く遅くとも自分以上の大質量をコントロールできるのだ」

「……どういう意味だァ？　オレにわかるように説明しろッ。難しい話は好かねえんだ！」

「その力が向かう方向さえ正しく掌握《しょうあく》すれば、どれほどパワフルな攻撃であっても恐れるに足りないということだ。もはや、おまえは私の敵ではない」

そう断言すると、黒蜂の顔が怒りに紅潮した。

「ケッ！　なにかと思えば、自称達人の武道ジジイが垂れるような講釈かよ。そんなもん、ガチの殺し合いで使えるかってんだ！」

そして、ダメージを意に介さず再びファイティングポーズをとる。実際、アドレナリンの分泌によって痛みは麻痺《まひ》しているのだろう。

だが粗暴な言動とは裏腹に、さっきとは違って闇雲に攻めてはこない。両腕でガードを固め、私の一挙手一投足に反応しながらじりじりと前に出てくる。

またカウンターを取られて投げられることを、相当に警戒しているのが伝わってきた。自分から手を出さなければ、力を利用されることもないという考えだ。

一見すれば消極的だが、確実な勝利を目指す強い意志を私は黒蜂から感じた。

——ならば。

私は無造作に間合いを詰め、自分から左のパンチを出していく。

黒蜂の瞳が殺気に燃え上がるのが見えた。短気な彼女が忍耐強く待ち望んでいた、合わせのタイミングだ。私が出したパンチに交差する形で、クロスカウンターとなる渾身《こんしん》の右拳《みぎこぶし》を外角からねじ込んでくる。

その瞬間、私の左手が変化した。拳から開いた指へ。

その手はくるりと裏返り、私めがけて唸《うな》りくる黒蜂の右腕のレザージャケットの袖を内側からガッシリとつかんだ。

そして相手の力が向かう方向《ベクトル》に逆らわず、その袖を手前に強く引っ張る。黒蜂の右パンチはもはや彼女の意思による攻撃ではなく、私にコントロールを奪われ利用されるだけのガイドレールと化していた。

私は黒蜂《ヘイフオン》の懐《ふところ》に潜り込むと、急所である水月《すいげつ》に重心を乗せた右の拳《こぶし》を叩《たた》きこむ。完璧なタイミングのカウンター。私の拳が、手首まで深く黒蜂の腹筋にめりこんだ。

「ぐほぁッ――――」

黒蜂が肺の空気をすべて吐き出し、白目をむく。

私の右手には、パンチの手応えは何も残っていなかった。打撃のインパクトで生じたエネルギーは、全部あまさず相手の体内に置いてきたからだ。

よって黒蜂の身体《からだ》も後ろに吹っ飛んだりはせず、腰から垂直に崩れ落ちていく。全身の力が抜けきっており、もはや立ち上がれない戦闘不能状態であることを確信した。

「メイド、テメエッ……ちく、しょう……ッ」

横たわった黒蜂が、無念と憎悪《ぞうお》に濁《にご》った地獄のような目で私を見上げる。なぜ私のような小兵の一撃でここまで効かされたのか、彼女には理解できないのかもしれない。

先ほどの投げと原理は同じだ。私はただ、黒蜂の向けてきた強大なパワーをそのまま彼女にぶつけ返しただけにすぎない。

「オレの負けだ……殺せ」

虚無的な声で黒蜂が言った。

彼女もまた、自らの人生の掟《おきて》を熟知している。すなわち、戦場での敗北は死であると。

私は腰のベルトの背中に装着した鞘《さや》から、カランビット・ナイフを抜いた。

　三日月形に湾曲《わんきょく》した刃に宿る冷たい光は、勝利者である私がなすべきことを示している。

　だが……

「ここから先は、私のミ、ッ、シ、ョ、ンではない――」

　脳裏に浮かんだのは、夜ごとベランダからやってくるこげ茶と白のハチワレ猫。

　私のこの手は、今は人の喉《のど》をかき切るためにあるのではない。猫をなでるためにあるのだ。

　それに、標的《ウオン》を護衛の黒蜂と分断する作戦どおりの役割はすでに果たしたのだから。

「さよならだ《ダスビダーニャ》」

「お、おい……待て！　待ちやがれッ！　とどめも刺さずにどこへいくつもりだ!?」

　カランビットを収めて立ち去っていく私の背中を、黒蜂の声が追いかけてくる。

「情けをかけたつもりかぁっ!?　殺せ！　殺してくれえぇッ!!　こんな……オレに生き恥をかかせるなぁぁッ!!」

　悲痛な絶叫は、やがて子供のような泣き声へと変わっていく。

「うっ、うあああっ……許さねえッ！　テメエ、ぜったい許さねえぞっ……あああぁぁっ」

　黒蜂の慟哭《どうこく》を背にしながら、私は深夜のクラブをひとり立ち去っていった。

パーティ会場となったビルの地下駐車場。

そこに停車されたアウディ・クアトロの運転席側ドアがあわただしく開けられると、車内をのぞきこんだ黒服の男──マージョリー・ウォンの護衛兼運転手は、表情を凍らせた。

同時に、後部座席で轟音《ごうおん》とマズルフラッシュの閃光《せんこう》。頭を撃ち抜かれた黒服は、駐車場のアスファルトに血と脳漿《のうしょう》をぶちまけ崩れ落ちた。

私──久里子明良《くりすあきら》は、じっと身を横たえていたアウディのリアシートから起き上がる。そして後部座席のドアを開け、火薬の燃焼臭を漂わせるベレッタＭ９２Ｆを手に車外へ降りた。

「ひさしぶりね、マージ」

そして、車の前に立つ黒髪の女──マージョリー・ウォンと向かい合う。

シルバーフォックスのコートの下にスパンコールのドレスを着た三十路《みそじ》の彼女は、私を見ると物憂《ものう》げな垂れ目に笑みを浮かべた。

「アキラ……まさか、あなたが私の死神だったとはね」

マージは、その死神を前にしても落ち着きはらっていた。五年前と少しも変わらず。

若かった私は、三つ年上の彼女のその余裕にいつも憧れていた。そして同時に、一緒にいていつも不安だった。この人には、私の存在など本当は必要ないんじゃないだろうかと。

別れたのも、結局はそんな私のコンプレックスが理由だった。

サンフランシスコのチャイナタウンで出会った、駆け出しの殺し屋と香港《ホンコン》マフィアの出世株。私は当時から根無し草で、彼女はアメリカ旅行中だった。

そんな二人の逢瀬《おうせ》は、ほんの二か月たらず。火のように愛し合い、風のように別れた。

最後の朝、彼女が去ったベッドサイドに残されていた香港行きの航空券。私はそれを灰皿で燃やし、マルボロの煙とともにすべてを忘れた。

——それから、五年。

「あの小さなメイドちゃんが、今はアキラのパートナーってわけ？　お話しはできなかったけど、とてもかわいらしい子だったわね」

「そういうマージも、凶暴な《ブラック・ビー》を子犬のように手なずけているそうね。あんたのそばにはいつも誰かしら女がいる。黙っていても寄ってくるのよ、花の蜜を求めるみたいに……マージョリー・ウォンは、そういう女だから」

マージが薄く笑った。

「……信じてはもらえないかもしれないけど、あのころの私にはあなただけだったわ」

それが、彼女の発した最後の言葉だった。

マージの右手がハンドバッグの中に伸び、デリンジャー小型拳銃をつかみ出す。私は殺し屋としての条件反射で、右手のベレッタに死の咆哮《ほうこう》を命じていた。

轟音とともに、手の中で致命的な結果をもたらす反動が跳ねる。私は崩れ落ちていく彼女の命を感じとるかのように、拳銃のグリップから伝わる衝撃を強く握りしめた。

「ずっと、あんたに言い忘れていた言葉があったわね。マージ」

かつて愛した女の屍《しかばね》に別れを告げると、私は足下の空薬莢《からやっきょう》を拾い上げてぎゅっと握った。まだ燃焼の余熱が残った真鍮《しんちゅう》が、掌《てのひら》の皮膚《ひふ》を焼く。

「――さよなら」

こみ上げる感情を火傷《やけど》の痛みで抑えながら、私は仕事の完了を伝えるメッセージをアーニャちゃんへ送った。

明良《あきら》と合流した私ことアンナ・グラツカヤは、彼女の運転するロータス・エリーゼに乗りこみ深夜の六本木《ろっぽんぎ》を離れた。

検問にかかることもなく都内を移動し隠れ家《セーフハウス》のマンションへ戻ると、時刻は午前二時すぎ。明良にうながされシャワーを浴びる。その間に、彼女はキッチンで簡単な食事を用意してくれていた。

湯気を立てているのは、少量の岩塩でボイルしたソーセージ。それに粒マスタードと瓶詰めのザワークラウトを添えたアルマイトの皿を、彼女はテーブルの上にふたつ置いた。

「お疲れさま、アーニャちゃん。おかげで助かったわ」

ハイネケンビールの缶を開けた明良と、栓を抜いた瓶の炭酸《ガス》入りミネラルウォーターで乾杯を交わす。

「私のほうこそ、あのお守りのおかげで九死に一生を拾った。礼を言う」

「アーニャちゃんの裏事情は、お互い正体を明かしあったときに聞いていたからね。いつか必要になるときがあるんじゃないかと思って、今週『松ねこ亭』へ行ったときに調達しておいたの。おばさんに頼んで、ブラシについた猫ちゃんたちの抜け毛を集めてもらってね」

明良の『お守り』は、私にとっては実に大きな発見だった。

つまり、同じ要領で猫の抜け毛を携帯しさえすれば、私はいつどこでも——猫のいない場所でも——自在に猫アレルギー症状を起こすことが可能になるのだから。むしろ、今までなぜ思いつかなかったのかと思えるほどだ。

それがどうしてなのか、ふと自分の内心を考えてみた。

我ながら呆《あき》れるほどに「ただ生きること」への執着が皆無だったこと。誰かから与えられた任務を果たす以外に、自分が生存する意義や目的を見いだせなかったこと——アンナ・グラツカヤという人間を振り返ったとき、浮かんでくるのはそんな理由だ。

だから、こんな簡単な気づきにさえ意識が向かうこともなかったのかもしれない。

となればもう、わざわざ猫を飼う必要もないのではないか……という思考がふと浮かぶが、ここまで乗りかかった以上、旭姫《あさひ》はきっと納得してくれないような気がした。

他人と関われば、何事も思うようにはいかなくなるものだ。しかし、不思議なぐらいそのことに対する抵抗感は薄い。ままならぬ日常の不自由さに慣れたのか、あきらめたのかは自分でもわからないが。

「私、今度の仕事ではきっと死ぬんだと思っていた……というより、久里子明良《くりすあきら》っていうドラマの最終回がここでくるんだなって。でも、まだ続くみたい。ま、アーニャちゃんの助太刀《すけだち》があったからこそだけどね」

缶ビールで唇を湿らせながら、明良は問わず語りにそんなことを口にした。

その声からは生きのびた嬉《うれ》しさも、死ねなかった無念さも感じない。ただ、淡々と事実だけを受け入れている虚無的な静けさだけがある。

それは私と同じ、殺し殺される世界を生きてきた者だけが持つ無常観。明日死ぬと覚悟しているからこそ、己の命に執着することもない。

「………」

けれど。

今ここにいる私は、昨日までの私とは確実に変わっている。

そのことは今夜、黒蜂《ヘイフォン》との死闘の中で自覚した想いが私自身に教えてくれた。

私はもう、生きるということの果実の甘さをほんの少しだけでも知ってしまったのだと。

だからあのとき、死にたくないと心から思った。精神が弱くなったとも言えるだろう。

そして、そんな弱くなった今の私だからこそ見えるものがある。

それは、明良が今とても傷ついているということだった。

理由は私にはわからなかった。もしかしたら、彼女が今夜殺した相手……マージョリー・ウォンに関係することなのかもしれない。

「アーニャちゃん、顔に傷が……」

フォークで刺したソーセージを口に運び、黙々と咀嚼《そしやく》していると、明良がこちらを見てそう言った。そして椅子から立ち上がると、テーブル越しに身を乗り出して顔を近づけてくる。

「目の上が赤く腫《は》れているし、唇の端もざっくり切れて血がにじんでいるわ」

黒蜂の打撃を食らったところだろう。たしかに熱を持って痛んでいるが、軽傷の部類だ。

「大丈夫だ。骨に異常はない」

明良の、睫毛《まつげ》の長いきれいな顔が目の前にある。いつかのような鼓動の速まりに襲われた私は、平常心が揺らいでしまうのを感じた。

視界の隅で白く美しいものが動く。それは、明良の長い人さし指だった。

しっとりとかすかに湿ったその指先が、私の左目の上の腫れに触れた。ひんやりとした感触が心地よく感じる。

明良の指先は、ゆっくりと私の頰《ほお》の曲線をなぞりながら下へ降りてゆく。そして、下唇にぴとりと触れた。

「んっ」

過敏な粘膜を他人の指で触れられ、微弱な電流のようなくすぐったさが唇に生じる。私は反射的に顔をそらしてしまった。

明良《あきら》の指は、私の閉じた上唇と下唇の間をつつうと横に移動する。そして、左端の裂けた傷口にそっと触れた。

明良のしっとりと冷たい指先をそこに感じる。傷が熱をもって疼《うず》き、速まる心臓の鼓動とシンクロしていく。視線をそらしたのは失敗だった。触感だけが、何倍にもなって私を襲う。

「明良、くすぐったい――」

見えない触感に翻弄《ほんろう》され続けるのに耐えかね、横に向けていた顔を正面に戻す。


その瞬間、唇を奪われていた。


「…………っ」

驚きのあまり見開いた視界に、冷たいほど涼しげな明良の眼差《まなざ》しが光っている。それを見て、私は不覚をとったことを悟った。

ずっと狙いすましていたのだ。じれったい指づかいで私が焦《じ》れ、顔の向きを戻す瞬間を。

そして狩人《かりゅうど》は、見事に獲物を射止めた。明良が今夜負ったのだろう見えない傷に、私が意

識を奪われていたせいもあったかもしれない。

してやられたという認識に遅れて、私を襲ったものは感触——圧倒的な唇のやわらかさだった。

そして、甘く香る明良《あきら》の吐息。それをかいでいると、この前のように脳の芯がしびれてくる。

（まずい、このままでは……）

かすかに残った理性の命ずるまま、両腕で彼女の身体《からだ》を押し離そうとした。

その抵抗を封じるかのように、ぬるり——と、唇を割って濡《ぬ》れた肉塊が口内に侵入してくる。

明良の舌だ。ヒルやナメクジといった軟体生物を連想させる生々しい感触に鳥肌がたち、私を求める情熱が宿った執拗《しつよう》な舌づかいに圧倒される。

私の両腕が、ゆっくりと力を失いだらりと垂れた。私はすでに脳そのものを犯されてしまっていたのかもしれない。それぐらい、何も考えることができなくなっていた。

ようやく唇と唇が離れ、私は無意識に止めてしまっていた呼吸を再開した。

「私ね……女の子にこういうことをするのを、とても慣れている悪い女なの」

子供を寝かしつけるように優しい声で、明良が耳元でささやく。

「だから大丈夫、まかせて。……好きよ、アーニャちゃん」

それに対して何かを言おうとしたが、あうあうとかあわあわとかロシア語でも日本語でもない謎の声が漏れ出ただけだった。

私は前後左右の平衡感覚《へいこう》すら失い……気がつけば、床のじゅうたんの上に横たわっていた。

そして、私の上におおいかぶさった明良。光量を落とした天井の照明に、彼女のきれいな顔が逆光となって映る。

麻痺《まひ》した思考の片隅で、私が思ったのはひとつ——私はこれから、何をされるんだろうかということ。未経験ゆえの恐怖が、防衛本能をかろうじて呼び覚ました。

ただ、こわい。そう感じるままに、私は——


五分後。

私は、息を吹き返した明良の前で土下座していた。

「すまなかった」

「つい、不可抗力で……」

「んんっ……いえ、頭をあげて?」

失神から蘇生《そせい》してしばし呆然《ぼうぜん》としていた明良が、きつそうにため息をつきながら頭を振る。

「私もかなり強引だったわけだし、全力で抵抗されても仕方ないかと……ああ、でもめちゃくちゃ仕掛けが速かったなあ。あの下からの三角絞め……ディフェンスする間もなく絞め落とされちゃうとはね……私も柔術はいちおう色帯なんだけど、修行が足りないな」

気がついたら私の両脚はするりと持ち上がり、明良《あきら》の首と右腕をからめ取るや一瞬で技を極《き》めてしまっていた。ひとえに、防衛本能が明良の行為を未知の攻撃と判定したためだ。

「……ふふ、ふくくっ……あははっ」

明良が、ふと弾《はじ》けたように笑い声をあげた。

「なにこれ、ばかみたい……！　あはは！　あはははははっ！」

気まずいままの私をよそに、明良はどこか吹っ切れたような軽やかさでいつまでも笑っていたのだった。

それから数時間ほど仮眠して、目覚めると晴れた青空が広がる土曜日の午前中。

ニュースをチェックすると、深夜の六本木《ろっぽんぎ》で起こった外国人同士による抗争事件が報道されていた。一番うやむやになりやすい落としどころで、明良に依頼したクライアントの望んだ結末でもあるだろう。

良く目が覚める砂糖たっぷりで濃いめのエスプレッソを明良に淹《い》れてもらったあと、彼女の運転で東京を離れ地元の町へと帰還する。

およそ三時間後。私の自宅マンション近くの道路上で車を停めた明良が、サルヴァトーレ・フェラガモのサングラスを外して助手席の私に顔を向けた。

「私ね、生きて帰っても殺し屋は今回で廃業しようと思ってたの。でも、気が変わったわ……新しい目標ができちゃったから」

そして、晴れやかな笑みを浮かべてそう告げる。

「アーニャちゃんの面倒を一生見られるだけの大金、がんばって稼がなきゃって。ね、将来私と結婚して同じ籍に入れれば、日本国籍もゲットできるわよ？」

「なにを言っているんだ……女同士で結婚などできるわけがないだろう」

「あら、アーニャちゃんにとっての障害は性別《そこ》だけなんだ？　私個人が嫌われてるわけじゃないなら、希望はあるのかな……それに、日本でも同性婚はいずれ制度化されると思っているし。実際もう自治体レベルなら、同性同士の事実婚が認められている地域は結構あるのよ？」

冗談で言っているのかと思ったが、明良の語調からどうも本気のようだ。昨夜の生々しい記憶もあり、少し怖くなってくる。

返事に困っている私を面白がるように含み笑いをもらすと、明良は自分のサングラスを私の耳にかけてきた。

「あげるわ。きれいな顔についてしまった傷、消えるまでこれで隠しなさい……じゃあ、今回は本当にありがとう。報酬は手渡しがいい？　それとも銀行振り込み？」

「報酬は必要ない。あくまで、鵯橋《ひよどりばし》二丁目公園の猫のために手を貸したまでだ」

そう答えると、明良は少し呆気《あっけ》に取られたように私を真顔で見て。

「またひとつ、あなたのことが好きになっちゃったみたい——良い休日を《ハローシイプラズニコフ》」

そして、私の頬《ほお》にキスをしてきた。くすぐったさと恥ずかしさで耳が熱くなる。

「……また会おう」

私は逃げるように車を降りると、我が家へと続く道を歩いていった。


「すまなかった」

五分後。

私は、腕を組んで仁王立《におうだ》ちしながら待っていた旭《あさひ》姫の前で土下座していた。

ちなみに、昨夜から土下座は二回目だ。もうすっかり板についてしまったような気がする。

「急な用事だったとはいえ、連絡を怠《おこた》ったのは言い訳のしようもないと思っている。小学生の君に、一晩ひとりで留守番をさせるなど」

旭姫への連絡を忘れていたことに気づいたのは、帰ってくる途中の車内でのことだ。すぐに謝罪のメッセージは送ったのだが、返信は戻ってこなかった。その時点で、すでに嫌な予感はしていたのだが……

「ちょっと。さびしくてすねてるみたいな言い方、やめてくれる？　あたしが怒ってるのはねえ、あんたの自覚のなさに対してなの。自分のすべきミッションが何かわかってるの？」

「猫をなで、我が家に迎え入れることだ」

少なくとも、マフィアや殺し屋相手のバトルを演じることではないだろう。昨日のアレは、今の私にはあくまでもイレギュラーな事態にすぎない。

「わかってるんならいいの。それなのにさ……ゆうべから、そのメイド服着て何してたのよ？　顔にちょっと引くぐらいの傷までこしらえて。どこかでケンカでもしてきたの？」

「急用で、東京までいってきた」

顔を上げながらそう答えると、旭姫の顔色が変わった。

「えっ、東京？　ひとりでずるい……いくならあたしも連れてってよ！　アニメのコラボカフェとか、いきたいとこたくさんあるのに！」

「わかった、約束する。春休みにでも一緒にいこう」

そう言うと、旭姫の機嫌が目に見えて良くなっていった。本人は自覚していないだろうし（怒ると思うので）指摘する気もないが、こうした単純なところは子供らしくて好ましい。

それから夕食の材料の買い出しにスーパーへふたりで行き、帰宅すると土曜日の陽が暮れた。

罪滅ぼしに料理の支度《したく》を手伝おうかと思ったが、邪魔なので座って待っていろと言われてしまった。私をキッチンに立ち入らせないという鉄の意志を感じてやまない。

そして二日ぶりに旭姫の作った料理を堪能《たんのう》し、夜になり入浴の時間がきたのだが……

「今日はひとりで入るからいい」

いつもとは違い、旭姫《あさひ》に一緒の入浴を拒否された。もともと、シャンプーのときに背後が怖いのでという理由から要求されたことだ。

「なぜだ？　まだ謝罪が足りないというのなら、重ねて謝るが」

「別に、もう怒ってないわよ。ただ……昨日はアーニャがいなかったから、あたしもお風呂に入ってないのよ。わかるでしょ？」

「……いや、わからないが」

旭姫はもじもじと、なにかを恥ずかしがっている気配。だが、彼女の真意を理解することはできなかった。

「だから……汚れてるし、くさいから！」

顔を赤らめて、怒ったように旭姫が告げる。私は彼女の頭に顔を近づけると、間近でにおいをかいでみた。

「ひゃああ!?　ちょっと、なにするのよ！」

「異臭は感じない。いつもの旭姫のにおいだ」

旭姫の顔が、さらにもう一段階赤くなった。

「いつものとか言うなあ！　アーニャの変態！」

「そもそも今から風呂で洗い流すのだから、汚れていても何も問題はないはずだ。一緒に入ろう、旭姫」

彼女の目を見てそう言うと、旭姫は観念したように渋々とうなずく。

そしてあらためて入浴をすませ、就寝の時間になった。私と旭姫はベッドに入り猫を待つ。

私たちの視線は、そろってベランダのほうを注目していた。夜風が多少肌寒いが、サッシ窓は半分開けてある。

旭姫はお気に入り漫画の単行本を読みながら、頻繁《ひんぱん》にサッシ窓のほうをチェックしていた。猫に注意を奪われ、読んでいる内容が頭に入ってこなさそうだ。

しばらくすると、ベランダの手すりに何かが飛び乗ったような物音が聞こえた。

そちらを向くと、いつもの猫が部屋の中をまん丸の瞳でうかがっている。すぐにベランダに飛び下りると、部屋の中へとぽてぽて入ってきた。

そしてベッドのほうを向いて立ち止まると、尻で立ちながら前足をそろえこちらを見上げる。

なーん。

「はああ、鳴いた……！」

初めて聞くその猫の鳴き声に、全身がとろけ落ちそうな声を旭姫があげた。

私はいつものように、キャットフードの袋を開けて紙皿に中身を移して床に置く。こげ茶と白のハチワレは、待ってましたとばかりに小走りで寄ってきてカリカリを食べはじめた。

「かわいい～。今気づいたけど、この子オスだね。タマタマがあるもん」

旭姫の言うとおり、猫の尻の下には愛らしい二つのふぐりがあった。腹側と同じ白い体毛に包まれたそれは、小さなポンポンにも見える。

やがてカリカリを食べ終わった猫は、しぺしぺと手をなめては顔を洗いはじめた。いつもなら、このあとは部屋の中を軽く探検してから出ていくのだが……

期待に満ちた旭姫《あさひ》の瞳が見つめる中、こげ茶ハチワレは私たちが座るベッドのほうへ歩いてきた。

「あ……こっちにきた」

そして、おもむろにピョンと跳ねてベッドの上に飛び乗ってくる。

思わず旭姫と顔を見合わせた。旭姫はそろりとベッドを降りると、ベランダのほうへ近づきサッシ窓をそっと閉める。

旭姫のこの作戦は初めてではなく、前にもこうやってサッシ窓を閉めて猫を囲いこもうとしたことがあった。そのときは猫がパニックになり、外へ出たがろうとしていたので断念した。

しかし今夜は、違った。

出口がふさがれたことを知りながら、一向にそちらには関心を示す様子がない。ベッドのやわらかい感触を確かめるかのように、ぐるぐると歩き回っては何かを探しているような様子。

やがて猫の円周運動が止まり、その場にどっかりと横になった。

まるで一〇年も前から、このベッドの主だったかのような顔をして。

「…………」

私は唾《つば》を飲みこみつつ、ゆっくりと猫の丸い頭へと右手を伸ばしていった。

そして、私の掌《てのひら》は初めて触れたのだった。信じられないほどやわらかくて温かい、猫の頭に。

猫は私の顔を見上げると、私の手をぺろりと一回だけなめる。そしてすぐに、人間があぐらをかくような格好になると毛づくろいをしはじめた。くつろいでいる証《あかし》だ。

(受け入れられた……!)

初めて月に着陸したアームストロング船長にも匹敵するだろう達成感が、一気に私の胸へと押し寄せてくる。

「アーニャ……!」

旭姫が飛ぶようにベッドへ戻ってきて、私に抱きついて歓喜の声をあげる。

「きゃあああ! やったあああ!」

はしゃぐ旭姫と抱き合いながら……やわらかく、とらえどころのない不思議な何かが私の中に居着こうとしているのを感じていた。

それは一切が理路整然としておらず、あやふやで、かつての私では決して融合することのできない感覚だった。

けれど今の私の中には、そのやわらかいものを理解できないままに受け入れるスペースが存在していた。その代わりに私から失われた何か——たとえば硬さ、鋭さ、烈《はげ》しさといったものと入れ替わるかのように。

とらえどころがなく、不思議で、理路整然としておらず、ただただやわらかいもの——その概念は、まるでベッドで丸くなっているこの生き物そのものだ。

どうやら私の中には、いつの間にか猫なる概念がするりと入りこんでしまったようだ。

そしてそれは、自分の意思で追い出すことはできそうもない。私の魂は、もはや猫の瞳と同じトパーズ色に染め上げられているようだ。

「……私と一緒に暮らしてくれるか?」

不思議そうに私を見上げるふたつの瞳に、そうたずねる。

猫はただ、ニャーとだけ答えた。

いいえ《ニエット》でもはい《ダー》でもなく、そのどちらでもあるかのようなその返事は、容易には解けない謎に満ちている。

猫の言葉を理解するための私の長く果てしない旅が、ここに始まった瞬間だった。

Mission.8
Re:ノーキャット・ノーライフ

「う～ん……く、苦しい……」

私は金縛りにあっていた。

なにか、圧倒的な重量が私の上にのしかかっているのだ。

『ギャハハハッ！　テメエを倒すために巨大化して戻ってきたぜ～！　跳ね返せるモンなら跳ね返してみやがれ～』

黒蜂《ヘイフオン》の耳ざわりな高笑いが、私の上で響く。

奴の身体《からだ》は、まるで特大の雪だるまのように丸々と膨張していた。直径一〇メートル近い巨大な球体にふくれあがった黒蜂を押し返そうと、私は悪戦苦闘する。しかし微動だにしない。

やがて、遠くからゴロゴロという雷雲の音が聞こえてきた。嵐がやってくるのだ。早く、早くここから脱出しなければ……！

「ううう………はっ！」

私はようやく、悪夢の中から覚醒《かくせい》した。

しかし、ゴロゴロという雷の音は現実の世界でもたしかに聞こえている。その理由は、すぐ目の前にあった。

目が覚めて最初に見えたもの。それは、どアップになった猫の尻だった。

毛が生えた桃のようにプリッとしたふくらみの谷間には、ピンク色をした猫の＊が見える。

「……上に乗るのはいいが、なぜいつも後ろ向きなんだ？」

仰向《あおむ》けに寝た私の胸に、どっしりと尻を向けて香箱座《こうばこずわ》りするこげ茶と白のハチワレ猫。

私が寝ている間の金縛りをもたらした犯人は、下僕《にんげん》の体温で暖まり気持ちよさげに喉《のど》を鳴らしていた。

「ううん……おはよ、アーニャ」

私の隣で寝ていた旭姫《あさひ》も、目を覚ました。

「ピロシキも、おはよ」

そして嬉《うれ》しそうに、私の上にどっかりと居座る猫の背中をなでている。それに応えてか、猫はしっぽを左右にパタパタと振った。

猫毛が顔のすぐ上で舞い、私の身体はようやく思い出したようにアレルギーに反応していた。

「はぶしょッ！」

特大のくしゃみで身体がバウンドすると、びっくりした猫が私の上から跳んで逃げていく。

「んぐっ――」

後ろ足での猫キックがみぞおちに入り、私はたまらず悶絶《もんぜつ》する。

猫が居着いて五日目。

ごくいつものこととなりつつある、朝の風景であった。

ピロシキというのは、私がつけた猫の名前だ。

その理由は至って単純。こげ茶色の毛並みが、焼きたてのあのロシアの郷土料理と似ているから。最初に出会った夜に連想した印象が、結局そのまま定着した形になる。

旭姫《あさひ》も別に異論はなかったので、やや安直にも思ったがその命名で通すことにした。

そのピロシキは起きるとフローリングの床で大きく伸びをしてから、部屋の壁でバリバリと爪とぎをしようとする。

「あーっ、そこはだめー！」

旭姫があわてて猫を持ち上げて止めると、代用品として用意した爪とぎ用のボードへと運んでいった。

「もう、せっかく取り寄せたのに全然使ってくれないんだから〜」

こうしてくれ、と人間が頼んでもやってくれるとは限らない。あくまでも猫の興味と人間の利害が一致した場合に限る……というのが、猫と同居する上で当たり前の常識らしい。

旭姫が朝食の支度《したく》をする間に、私は猫用に新しく買った食器にキャットフードを入れて用意する。それと水の器を床に置くと、ピロシキは寄ってきて朝食を摂《と》りはじめた。

人間ふたりのほうもアジの干物と納豆、味噌汁《みそしる》の朝ごはんをすませ登校の用意をする。

「アーニャ。今日、動物病院の予約しておいてくれた？」

「うむ。小花《こはな》に紹介してもらった病院にしたのだが、今日の四時半だ」

猫と同居するにあたっては、エキスパートである小花に色々と指示を仰いだ。

まずしておいたほうがいいのは、病気にかかっていないかの診断と何種類かの感染症を予防できるワクチンの接種。また今後も何があるかはわからないので、かかりつけの病院は決めておいたほうがいいことなど。

「じゃあ、お留守番よろしくね。ピロシキ」

フローリングの床に敷いたクッションで香箱座《こうばこずわ》りしている猫に頰《ほお》ずりしながら、くすぐったそうに旭姫が笑う。ピロシキは、バットマンマスクをかぶったようなツートンカラーの顔で不思議そうにしていた。

そしてふたりで部屋を出ていく。ドアを閉めるまで、ピロシキはこちらのほうをずっと見ていた。

昼休み。

いつものように、机をくっつけて小花たちのグループでランチを食べる。

旭姫の用意してくれた弁当の中身はふりかけごはんと、炒めたアスパラガスのベーコン巻きに、ケチャップで和《あ》えたスクランブルエッグ。

話題は主に、週明けの終業式後に待つ春休みについてだった。

「あたしらも四月からＳＪＫ《セカンド》かぁ。結局、一年生の間に彼氏できなかったなー」

ふとそうため息をついたのは、竹里絵里《たけさとえり》。

「とか言って、あたし以外こっそり彼氏作ってたとかはナシにしてよね？」

「ないない。だいたい女子高に通ってて、いつ男と出会いがあんのって話じゃん？」

梅田彩夏《うめださやか》がやれやれとばかりに同意する。

「てゆうか聞いて？　こないだ家の玄関で弟が彼女とキスしてるとこ見ちゃってさあ。マジきつかったわー。そういうのは自分の部屋だけでやれっつーの」

「エリの弟って中坊でしょ？　もうキス経験済みとか進んでるよね。あたしも、やっぱ中学んときにもうちょっとがんばっとけばなー」

そして、私と小花《こはな》のほうにも話題を振ってくる。

「コハっちとアーニャさんも、当然キスはまだだよね？　というか、そうであってほしい！」

「あはは。梅ちゃんの期待どおり、まだだよお。わたしも、中学じゃ全然そういうのなかったなあ」

困ったような苦笑いを浮かべる小花の横で、私はちょうど一週間前——先週の金曜日の記憶を思い返していた。

東京での、明良《あきら》とすごした一夜を。

「……相手が同性の場合は、経験済みにカウントするのか？」

無意識に指先で唇をなぞっているうちに、そんな言葉がぽつりとこぼれる。

三人の視線が、一斉に私へとそそがれた。

「な、なに⁉」

「今、とんでもない爆弾発言が⁉」

「えっ——アーニャ、誰とお⁉」

いつもの梅竹コンビのみならず、小花までもが大声をあげて食いついてくる。

「ま、まさか、すでにこのクラスにアーニャの唇を奪ったツワモノが……！」

言うまでもなく、私のファーストキスを奪っていったのは久里子《くりす》明良だ。

しかし、それを暴露すると大変なことになるのは間違いないだろう。彼女は本校の女子生徒たちの憧れのアイドルであるのだから、確実に一大スキャンダルを呼んでしまう。

「三人とも落ち着け。義妹との間の単なるスキンシップだ。ほんの一瞬だけ、偶然唇が触れ合ったのにすぎない」

無難な落としどころとして、私はそう説明した。いつも便利に使ってすまない旭姫《あさひ》。

「あ、なーんだ。誰かと付き合ってるみたいな話じゃないんだ」

「でも、それはそれで尊いな……」

ウンウンとうなずき、納得する梅田と竹里。

「ああびっくりしたあ。まだ心臓どきどきしてるよお」

小花《こはな》もまた、早とちりを恥ずかしがるように頰《ほお》を赤らめている。

「あ、そういえばアーニャさん。コハっちから聞いたけど、ついに猫飼いはじめたんだって?」

「これでもう完全な猫好き確定だよね」

「飼う……というか、どうにか居着いてもらったというべきか」

ピロシキに対して主導権を握れている自覚はない。そのため、自分が飼っている猫という表現は違和感がある。

「今日の放課後、動物病院に連れていって予防接種をしてもらう予定だ」

「あ、ほんとにい? わたしもモーさんのお見舞いに行く予定だよ」

松風《まつかぜ》家の最長老の猫。毛足のフサフサした牛柄のサイベリアンの重みを、私は人間クッションとしてすっかり身体《からだ》で記憶してしまった。

小花からはすぐに退院できそうと聞いていたのだが、どうやら思いのほか長引いているようだ。入院したのが先週の期末テスト前だったので、もう一〇日ほどになる。

「…………」

梅田《うめだ》たちと談笑する小花の横顔を、そっとうかがう。

言葉や態度にこそ出していないが、彼女がモーさんを思って心を痛めていることが私には伝わってきた。あの夜の明良《あきら》に対して感じたものと同じだ。

人間とは、言葉や挙動といった目に見える情報記号の集積体であると以前の私は思っていた。しかし今の私は違う。語られない言葉、隠された表情、そういった形のないあやふやさもまた人間の一部なのだということを知っている。

ほんの短い間に、私は変わった。

その理由は、きっと――

窓の外に広がる、三月の青空を見上げる。

ひとつだけはぐれたように浮かんでいる、小さな白い雲。その形は、あの気まぐれな生き物が戯《たわむ》れるさまとどこか似ていた。

動物病院で予防接種を受けノミ駆除の薬品をつけてもらい、私はピロシキを連れて家路についた。

キャリーバッグに入るのを嫌がる猫もいるという話だったが、この好奇心旺盛《おうせい》なハチワレについては例外のようで、むしろ自分から積極的に出入りしていた。人間の歩く速度で移動する景色を窓から見るのも、興味津々《きょうみしんしん》の様子。

春はますます盛りに近づき、突堤《とってい》沿いの道や公園で見かける桜の木にも花がほころびつつあった。このぶんでは、来週にも開花するのだろう。

帰り道、小さな河川に架けられた橋を渡りマンションの近くにある公園までさしかかった。明良《あきら》が仕事帰りに野良猫へ施《ほどこ》しを与えているという場所だ。

私はふと気まぐれを起こし、暮れなずむ公園内の敷地に立ち寄ってみた。そしてベンチの上に座り、キャリーバッグを隣に置く。

のぞき窓の中から、ピロシキは風に運ばれる砂ぼこりや、地面に揺れるくっきりとした梢の影の動きをずっと目で追っていた。

ふと目の前の地面に、すっと人の輪郭をした影がさす。

視線を上げると、公園内の別のベンチにいた中年女性がやってきてキャリーバッグのピロシキを見ているところだった。

「かわいい子ですね。何ちゃんっていうんですか？」

女性は柔和《にゅうわ》な笑みを浮かべ、丁寧《ていねい》な言葉づかいでそう尋ねてきた。アンティークな帽子が良く似合う、上品な雰囲気を漂わせた女性だった。

「……ピロシキ」

「そう——幸せにおなり、ピロシキちゃん？」

私が答えると、女性はやや前に腰をかがめ、慈《いつく》しみに満ちた声音でバッグの中にいるピロシキへ語りかける。

「あなたたちはみんな、人間《ひと》に愛されるためこの世に生まれてくるのですからね」

目を細めじっとピロシキを見つめたあと、女性は再び腰を上げた。

「失礼いたしました、お嬢さん。猫ちゃんともども、お健《すこ》やかに」

そして私へ向け会釈《えしゃく》すると、現れたときと同じく静かに立ち去っていく。女性の後ろ姿は、やがて夕暮れの公園から消え見えなくなった。

「…………」

彼女が残した不思議な余韻《よいん》にひたりつつ、私はマンションの自室へと帰ってきた。

「おかえりー。病院どうだった？」

床に置いたキャリーバッグを開けると、しばし警戒していたピロシキがのそりと這《は》い出してきた。そして、自分のテリトリーであることを確認するかのようにフンフンと床のにおいをかぎはじめる。

私が病院へ行っている間に夕食の支度《したく》をしていた旭姫《あさひ》が、さっそく猫をモフりにきた。

「特に健康状態に問題はないようだ。年齢は生後六か月ぐらいだろうということだった」

「へえ……まだ子猫っぽいなとは思ってたけど、やっぱりかあ。んふふ、ピロシキ～」

旭姫はデレデレでピロシキとじゃれ合っている。こういうところは、やはり子供っぽい。

「そういえば、旭姫の誕生日はいつなんだ？　早生まれで、もうすぐ一〇歳になるとは以前に聞いたが」

「あ、うん。今週の日曜日だけど？」

明後日――あまりにも急すぎる。

「それがどうかしたの？」

「実家に帰って、誕生日のパーティなどはしないのか？」

ああ、とようやく旭姫《あさひ》は質問の要領をえたようだ。

「今年のお誕生会はやらないって、前からママや学校の友達にも伝えてあるし。アーニャのミ、ミ、ミッションをサポートするほうが大事だもん」

「……すまない」

私がそう言うと、びっくりしたように旭姫がこちらを向いた。

「えっ？　なんでアーニャが謝るのよ」

そして不思議がっているが、私は本心から旭姫が不憫《ふびん》に思えていた。

「私のために、旭姫が自分の時間を犠牲《ぎせい》にしてくれていることに対して申し訳なく思う」

「はあ……真面目か、もう！」

ため息をついたあと、旭姫がふいに怒ったように目を吊《つ》り上げる。

「というか、あたしが嫌々やってるとでも思ってるわけ？　だとしたら失礼よ。あたしとアーニャは同じ目的を共有するパートナーなんじゃないの？」

「たしかに、そのとおりだ」

すまなかった、とまた言いそうになり言葉を呑《の》み込む。旭姫はピロシキをなですぎて指をカプカプと甘がみされながら、くすぐったそうに笑っていた。

「では、謝罪ではなく感謝をしたい。私が個人として旭姫の誕生日を祝いたいのだが、構わないだろうか」

「……別に気をつかわなくてもいいわよ。誕生日の一回ぐらい飛ばしたって構わないし」

「私が嫌々提案していると思うのか？」

と、旭姫のお株を奪うセリフを告げる。苦笑した彼女が、映画の俳優じみたポーズで掌《てのひら》を上に向け肩をすくめた。

「やれやれ、一本とられちゃった。アーニャもたまには言うわね」

それに、旭姫にとっては一〇回目の誕生日。人生における最初の節目というべきものだ。

一〇歳——私が《家《ドーミク》》に人身売買市場から売却されてきた年齢。

当然、誕生日を誰かに祝ってもらった記憶はない。環境を考えれば当然のことだが。

旭姫はあのころの私とは違う。明日が保証された平和な日常の中でなら、自分がこの世に生まれた日は誰かに祝福されるべきだろう。

「学校の友達もここへ呼んではどうだ？」

「それはだめ。このことはみんなに秘密にしてあるし。アーニャと違って今までの生活基盤があるんだから、急に姉妹設定を追加するとかできないわよ」

「そうか……では、私の友達なら構わないだろう。もうすでに、旭姫のことは義妹として情報共有されている」

「ああ……例の実家が猫カフェのお友達？　あたしも会ったことのあるあの人？」

小花《こはな》のことだ。私がうなずくと、旭姫《あさひ》は複雑そうな表情を見せながらも承知した。

「そういやたしか、前にアーニャの部屋に遊びにきたいって言ってたんだっけ。まあ約束だったし、いいんじゃない？」

小花を呼ぼうと思ったのは、その経緯を思い出したこともあるが……入院している老猫のことで心悩ます彼女にとって、少しは気晴らしになればという思いもある。

「パーティの料理は私が作ろう。旭姫を見ていて少しは学習したつもりだ」

「絶　対　だ　め」

秒速で却下された。

「あたしだけならともかく、よその人に変なもの食べさせるわけにはいかないでしょ。こういうときぐらい、テイクアウトのデリバリーとかでいいわよ」

「では、ほしい誕生日プレゼントを言ってくれ」

誕生日といえばやはり贈り物。もっとも私の生活資金はすべて《コーシカ》――つまり旭姫から提供されたものであるので、ある種マネーロンダリングじみたことになってしまうが。

「別に、アーニャの選んだものならなんでもいいわ」

「いつも、食べたいもので私がそう答えると怒るだろう」

「それはそうだけど……」

「どうせ贈るのであれば、旭姫を確実に喜ばせられるものにしたい。私はこうした習慣に不慣れなので、指定してもらえれば非常に助かる」

そう言うと、旭姫は考えこむそぶりを見せる。やがて、うーんとひとしきりうなってから。

「じゃあ、ピロシキにキャットタワーがほしい」

微妙に反則気味な答えのような気もしたが、私は了承のうなずきを返す。

「明日ふたりで、ホームセンターに買いにいこうよ」

「わかった」

どうやら話はまとまったようだ。旭姫が、ふうと息をつく。

「まさか、アーニャに誕生日祝いをしてもらえるなんてね。さ、ごはんにしましょ」

そして食事の支度《したく》を続けながら、どこかくすぐったそうに苦笑していたのだった。


翌日、土曜日。

小花には昨夜のうちにメッセージを送り、旭姫の誕生日会への誘いについてOKをもらっていた。あとは、明日に向けての準備だけだ。

旭姫への誕生日プレゼント購入という名目で、昼食を済ませてから彼女と出かける。

「ピロシキ～。いい子でお留守番してるんでちゅよ～」

出かける支度《したく》をしている私たちの足下に、興味津々《きょうみしんしん》の顔でピロシキが寄ってきた。それを抱き上げ、旭姫《あさひ》は頬《ほお》ずりしている。なぜか赤ちゃん言葉になっているのが謎だった。

そして、旭姫とともに私鉄駅から電車に乗る。五駅ほど離れた、沿線で一番栄えているターミナル駅が目的地だ。

駅を降りると、大規模な商業施設ビルが駅前に立ち並ぶ繁華街が開けていた。通りも広く人出にあふれ、地元の駅前とは段違いのにぎわいを見せている。

目指すホームセンターの店舗内へ入ると、土曜日の日中とあって広い店内は混雑していた。店内表示でペット用品のコーナーを見つけ、いってみる。

「ずいぶんと種類が多いものだ」

展示されたキャットタワーの現物を前に、私の感想はそのひとことだった。

一見して、部屋のインテリアや家具としても違和感のないものばかり。大きさもそうだが、素材やデザインなども千差万別だった。

これだけ商品のバリエーションが多岐にわたっているということは、猫を飼っている人口もそれだけ多いということなのだろう。つくづく、人間に愛されている生き物だと思う。

「ねえ見て、これなんか良くない？」

ひととおり見て回って旭姫が気に入ったのは、高さ二メートル半ほどの大型タワーだった。

爪とぎ用の麻縄を巻きつけた数本の支柱をベースに、猫が入るボックス型の部屋と移動用の足場スペースから構成された段が四階層ぶん配置されている。いわば、四階建ての猫マンションというところだった。

「猫って、登ったり降りたりの上下移動が大好きなの。これぐらい高いやつなら、ピロシキも退屈しないんじゃないかな」

動物病院でも言われたが、犬と違って毎日散歩をさせる必要がない代わり、部屋の中で自発的な運動をさせてあげられる環境が大事らしい。

「あと、これこれ」

旭姫の注目ポイントは、三階と四階の間に渡されたゆらゆら揺れるハンモック。そして最上階の床から突き出た、半球状の透明なアクリルドームだった。

「ここにすっぽりはまってくれたら、きっと絶景だよ？」

「どういうことだ？」

「お腹側とか肉球とか、普段は見られないピロシキの下半分がばっちり見られるってわけ」

旭姫はスマートフォンで類似の画像を検索し、私にそれを見せる。

なるほど、たしかにこれは面白い。ドームの形にぴったり適合した猫の液体っぷりも、床が透明なら一目瞭然《いちもくりょうぜん》で観察できるというわけだ。

「じゃあ、これに決めよう」

私は店員を呼び、レジで会計をすませた。誕生日祝いのグリーティングカードを添えて、明日着で配送の手続きもしてもらう。

そして駅前のカフェで休憩してから、地元の駅まで戻りマンションへと帰ってきた。

「ただいまー」

ドアを開けて部屋に入ると、旭姫《あさひ》は開口一番そう言った。人間は誰もいないが、人間ではない同居人に向けての挨拶《あいさつ》だ。

「あれ？」

ダイニングキッチン、それからほかの三部屋を順番に見回しながら旭姫が不安そうな声をもらした。

「どうした？」

アレルギーで出てきた鼻水をティッシュでかみつつ、彼女のところへいく。

「ピロシキがどこにもいないの。まさか……」

旭姫があわててベランダを見にいくが、サッシ窓にはきちんとロックがかかっている。念のため外をのぞいてもベランダにピロシキの姿は見えなかった。

「外に出てしまったわけではなさそうだな。となると、どこかにいるはずだが……」

「ピロシキー？　出ておいでー？」

旭姫とふたりで、思わぬセルフ家探しをする展開になってしまった。

バスルーム、トイレと順番にのぞき、テレビ台や冷蔵庫の裏、ベッドの下まで顔を突っこんでみる。

果たして、そこにキラリと光るトパーズ色の目玉があった。

「いたぞ。ベッドの下だ」

ピロシキは、わずか二〇センチたらずの隙間《すきま》の奥に引っこんで身をひそめていた。

「どうしたの～。出ておいで～？」

旭姫がベッドの奥に向けて猫じゃらしを振ってみせる。まん丸に開いた黄色い目の中の黒い瞳が、それに反応して左右にすばやく動く。が、それだけだった。這《は》い出してくる気配はない。

「ええ……なにこれ。どうしよう？」

かたくなに出てこようとしないピロシキに、旭姫が困り果てている様子。

私はスマートフォンを取り出し、こういうとき頼りになる軍師に電話をかけた。

『アーニャ？　どうしたのお？』

「トラブルが発生した。ピロシキがベッドの下から出てこなくなってしまったのだ」

電話相手の小花《こはな》に、事情を簡潔に説明する。

『そうだねえ。入ってきたのが知らない人だと思って警戒してるのかも。それか、置いていかれちゃったと思ってさみしがってるのかなあ？』

「しかし……外出していたのは、ほんの数時間程度なのだが」

『猫ちゃんの時間の感覚は人間と違うからねえ。ピロシキちゃん、好奇心旺盛《おうせい》なぶん怖がりな子なのかもしれないし』

小花《こはな》の言うことにも一理あるような気がしてきた。

ピロシキと同居するようになって、まだ一週間たらず。私たちの顔の認識もまだ不十分であったりする可能性はあった。

また猫の寿命が一〇年から二〇年程度だとすると、人間にくらべて時間の密度は四倍、五倍にもなるのかもしれない。そうなると猫の体感時間は、ほんの数時間でもまる一昼夜に匹敵する長さということになってくる。

「ふむ……困ったな。小花はどうすればいいと思う?」

『気長に待つしかないよお。ずっと呼びかけたり、おいしいもののにおいで釣ったり』

「わかった。助言、感謝する」

小花との通話を終える。その間も事態は進展していないようだ。

「旭姫《あさひ》、ちゅーるを持ってきてくれ。そのにおいでおびき出す」

「うん!」

旭姫がおやつを取りにダイニングキッチンへ行っている間に、私は床に寝そべりベッドの下をのぞきこむ。

「ピロシキ。ひとりにしてすまなかった。出てきておくれ」

呼びかけるが、暗闇の奥から私を見返すトパーズ色の瞳は動かない。

私は身体《からだ》を横に傾けると、右手をベッドの下に突っこみ腕を伸ばした。奥にいるピロシキの身体をなでて安心させるためだ。

指先がフワフワの毛に触れた手ざわり。ピロシキが、ビクッと身を震わせた。そして。


——かぷ。


「あいった《ボーリナ》!?」

指をかまれた痛みよりも、ピロシキに攻撃されたという精神的ショックで思わずのけぞってしまう。

必然の結果として、ベッドの底板に思いきり側頭部をぶつけていた。

「……ッ」

声もなく悶絶《もんぜつ》する私の横を、何事もなくピロシキがトコトコと通過していった。

「あ、出てきた！　アーニャ、ピロシキが出てきたよー？」

廊下から旭姫の呼ぶ声が聞こえる。私は呼吸法で痛みを溶かし、頭にできたタンコブをなでつつベッド下から這《は》い出したのだった……

翌日の日曜日。

午前中早々に宅配業者がインターホンを鳴らし、私と旭姫《あさひ》は届いたキャットタワーの梱包《こんぽう》を部屋まで運ぶと開梱した。

かなり大きな段ボール箱の中には、マトリョーシカ人形のようにさらに小分けされた箱がいくつも入っている。それらのすべてがタワーの部品だ。そして、付属する多数のネジや工具。

「結構な大仕事になりそうね……あたし、プラモデルの組み立てとか超苦手なんだー」

部品の多さと大きさに、少し腰が引けている様子の旭姫。

「私がやろう。こうした作業には慣れている」

銃器の分解と再組み立ては、組織であきるほどに訓練を積んだ。拳銃なら目をつぶっていても一〇秒以内にバラバラの部品を組み上げられるし、分解された狙撃用ライフルを零下二〇度の環境下で組み立てたこともある。

「じゃあ、そっちはまかせたわね。あたしは電話で料理の注文をすませて、部屋のお掃除をしておくわ」

私は付属の図面を見ながら、キャットタワーを組み立てていく。

パーツとパーツをネジで組み合わせて各ブロックを作り、それを下から順に継ぎ足すようにしていくと、タワー全体の輪郭が整っていった。

およそ数分後には、天井まで届く高さのキャットタワーが完成した。こうやって仰ぎ見ると、かなり壮観だ。猫に立派な家を用意できたという満足感さえある。

と、いきなり空の段ボール箱が異音をたてて動きはじめた。

「!?」

思わずそちらを向いてしまう。すると、段ボールの中からこげ茶色のしっぽがひょこっと出てきた。

「いつの間に……」

箱の中をのぞきこむと、ピロシキが箱の底に頭を突っこんでいる。そしてぐるりと向きを変えると、箱の中にすっぽり収まった状態でこちらを見た。どうやら、狭いそのスペースが気に入ったらしい。

段ボールの空箱を片づけられなくなってしまったが、この部屋は今日使うことはないだろうから放っておくことにする。

できれば、その箱の中身であるキャットタワーのほうを使ってほしいものだが……そんな人間のはかない願いなど、猫が聞き入れるはずもなかった。

旭姫の部屋掃除のほうも、ようやく一段落したようだ。やがて昼すぎになり、また部屋のインターホンが鳴らされた。

約束の時間どおり、私の部屋にやってきたのは招待した小花《こはな》。

そして彼女の隣には、さっき小花《こはな》からのメールで伝えられたもう一人の客人――明良《あきら》の姿があった。花束を手に、にこやかな笑みを浮かべている。

「急な飛び入り参加でごめんね、アーニャちゃん」

「いや、問題ない。旭姫《あさひ》の誕生日祝いにきてくれて、ありがたく思う」

まず小花が、持参したプレゼントの包みを旭姫にさしだす。

「お誕生日おめでとう、旭姫ちゃん」

「……ありがとうございます」

少し緊張しながら、旭姫が小花のプレゼントを受け取った。小花にうながされ、大きめの紙箱のラッピングをはがして開ける。

「あ、かわいい～！」

箱の中身は、デフォルメされた猫の肉球をデザインしたクッションだった。それを胸に抱きしめた旭姫の表情が、嬉《うれ》しげに輝く。

「気に入ってもらえたら嬉しいなあ」

無邪気に喜ぶ旭姫を見て、小花も満面の笑みを浮かべている。そこへ、来客を珍しがってかピロシキがぽてぽてと奥から歩き出てきた。

「わあ、白靴下さんだあ。かわいい色だねえ」

それを見て小花が相好《そうごう》を崩し、しゃがみこんでこげ茶色の背中の毛をなでる。ピロシキはおとなしく身をまかせていた。

さすが猫の扱いになれた、エキスパートの手付きだ。ピロシキも心地よいのか、自分から丸い頭を小花の手にこすりつけるように甘えはじめる。

「ピロシキちゃん、人なつっこいねえ。いい子、いい子」

初対面の小花になじんでいるピロシキを見ていると、私がなでるまでに要したあれほどの時間はなんだったのだろうかと不条理に襲われてしまう。

「アーニャが寝てるといつも上に乗ってくるんですよ。でも、すぐお尻を向けられちゃうんですけど」

「それは、アーニャのことを安心できる相手だと思ってるからだよ。猫って、信頼した人にしか背中は向けないからねえ」

そうだったのか……と、ピロシキの奇行の理由を今初めて知った。もちろん悪い気はしないが、たまには顔のほうも向けてほしい気もする。

「旭姫ちゃん、はじめまして。アーニャちゃんと今は友達としてお付き合いをさせてもらっている、久里子《くりす》明良です」

長身の明良は旭姫の前でしゃがみこみ、目線の高さを合わせつつそう挨拶《あいさつ》した。

「アーニャちゃんの義妹《いもうと》さんなら、私にとってもい、いずれ妹になるものだと思っているから……お誕生日、おめでとう」

「宗像旭姫《むなかたあさひ》です……ありがとうございます」

やや頬《ほお》を赤らめつつ、旭姫がぺこりと頭を下げて花束とプレゼントの包みを受け取る。明良《あきら》の発言にやや引っかかるものを感じたが、きっと大きな意味はないだろう。そう思いたい。

旭姫が受け取ったプレゼントのリボンを解き、中身を見る。

「わあ、すごぉい！」

こちらの贈り物のほうにも、旭姫は喜びの声を上げた。

それはシックなピアノブラックのケースに収められた、化粧道具のマルチパレットだった。大きさは横長の財布と同じぐらい。

「クリスチャン・ディオールのロゴ入りだ……大人っぽぉい」

「そろそろ、こういうコスメにも興味のある年頃なんじゃないかなと思って選んだの。あえて子供用じゃなくて、ちゃんとした女性用のをね」

旭姫は目をきらきらと輝かせ、大人の世界に空想を遊ばせている。

「わあ。旭姫ちゃん、もとが美人さんだから大人っぽいメイクも似合いそうだねえ」

小花《こはな》も一緒になって、きゃいきゃいとはしゃいでいる。すっかり意気投合した様子の二人を微笑《ほほえ》ましげに見やると、明良があらためて私のほうを見た。

「アーニャちゃん、ちょっといい？」

そして少し声をひそめ、隣室のほうへ移動する。私もそれに続いた。

「アーニャちゃんのかかえた事情については、この前あらためて聞かせてもらって理解したつもりだけど」

そう切り出した視線と語調には、裏の世界の人間としての温度と質感が感じられた。

「問題は、例の脱走したロシアの非合法組織のことよね。向こうがもうアーニャちゃんが死んだと思っているなら、それでよし。でも、もしも生きていることを知った場合……このまま放っておいてくれるものかしら？」

「その可能性は低いだろう。《家》《ドーミク》は絶対に裏切りを許さない」

かつて所属したあの組織の体質については、私自身が良く理解している。そうでなければ、そもそも全構成員に殺人ウィルスを投与する苛烈《かれつ》な戒めを科すこともないだろう。

明良は、やや深刻な表情で考え込む様子を見せていた。

「この世界は意外と狭いものよ。どこからどうやって、アーニャちゃんの情報が海を越えて伝わるかは未知数……」

そして、試すような怜悧《れいり》な声音で。

「そうなると、黒蜂《ヘイフオン》を生かして帰したのはまずかったかもね」

明良がそう警告したとおり、海外でも活動している黒蜂の口から情報が広まる可能性はある。日本で活動する、銀髪の小柄な少女殺し屋。外見やシステマ由来の格闘術といった特徴などから、それがかつて《家》《ドーミク》が輩出した殺人機械たるアンナ・グラツカヤだと。

後顧に憂《うれ》いを残さぬ最善の選択は、あの場において黒蜂《ヘイフォン》を殺しておくことだったろう。

ほんの一か月前の私であれば、迷わずそうしていたはずだ。そうであるのに、今の私は危険な敵にとどめを刺すことなく立ち去った。

「問題ない」

しかし、後悔は不思議なほどに何もなかった。

「たとえ追っ手が何人放たれようが、そのときはすべて返り討ちにするまでだ。私は日常《ここ》で、猫とともに生きていく」

迷いなく言い放たれた私の言葉に、明良《あきら》はしばし真顔でこちらの顔を見つめる。

「それが、アーニャちゃんの覚悟なのね……うん、わかった」

そして、晴れやかに頼もしげな笑みを浮かべた。

「アーニャちゃんは、もう決して独りじゃないわ。あなたのことは、私がきっと守るから……これからも、よろしくね」

あらためて差し出された明良の手を、私は無言のまま握り返した。

「アーニャ、どこいったのー？」

隣の部屋から、旭姫《あさひ》の声が聞こえてきた。それを聞きつけたかのように、ピロシキが廊下を歩いてこちらへやってくる。

「こっちだ。ピロシキが外を見たがっていたのでな」

そして足下にきた猫を抱き上げると、たれてくる鼻水をすすりながら私は答えた。

しばらくするとデリバリーで頼んだフライドチキンやピザが届き、ダイニングキッチンでパーティの用意をする。

テーブルの「お誕生日席」に座った旭姫の前には、ホールのショートケーキが置かれていた。生クリームの上に立てられたロウソクに、明良がライターで順番に火をともしていく。

「それじゃ旭姫ちゃん。がんばって吹き消して？」

うなずいた旭姫が身を乗り出し、一〇本のロウソクにふーっと息を吹きかけていく。

苦労しながらすべてのロウソクの火を消すことに成功すると、小花《こはな》と私でクラッカーの紐《ひも》を引いた。

ぽん、とクラッカーが破裂し、紙テープが飛ぶ。小花と明良がぱちぱちと拍手する。

「旭姫ちゃん、おめでとお」

「おめでとう、旭姫ちゃん」

その中で……旭姫と私の視線が、ふと出会った。

「誕生日おめでとう、旭姫」

記憶にある中で初めて、私は誰かがこの世に生まれた祝福を言葉に乗せる。

「……ありがとう」

はにかんだように、けれど嬉《うれ》しそうに旭姫が笑った。

週明け、月曜日。三学期の終業式。

体育館で校長の訓示が終わると、私たちはぞろぞろと教室へ戻り担任から通知表を配られる。

「明日から春休みだ～。さらば一年三組の教室よ！」

「ウメも留年しなくて良かったじゃん。勉強に付き合ったお礼してよね」

「追試パスしたのはエリのおかげだからねえ。感謝の愛情、ぶちゅっ」

「投げキスきもいし。礼は普通に現物で要求しまーす」

「じゃあファミレスにでも繰り出しますか。コハっちとアーニャさんも行くっしょ？」

終礼がすんだばかりの教室内の空気は、圧倒的な解放感に包まれている。隣で小花《こはな》の携帯が通知を鳴らしたのは、帰り支度《じたく》を整えている最中だった。

「――――」

スマートフォンの画面に目を落とした小花が、小さく息を呑《の》む気配が伝わってくる。

「ごめん、梅《うめ》ちゃん。わたし、すぐに帰らないと」

そして少しの間を置き、そう言ったのだった。

三〇分後。私は小花の家に、彼女とともにいた。

六畳の仏間には、線香の細い煙と花の香りが漂っている。

壁際には黒い仏壇。けれど今、線香が焚かれているのはそこではなかった。畳の上に、丸い陶器の香炉が置かれている。

そのかたわらには四つにたたまれた毛布が敷かれ、毛布の上には白い菊や青いリンドウといった優しい色合いの花束が捧げられている。

そして、花を枕にするように……目を閉じたモーさんが、大きな身体《からだ》を横たえていた。

白地に黒のブチ模様の毛は、私の尻に寄りかかってきたときと変わらずフサフサと長い。

けれどもう、彼女が私をクッション代わりに使うことは二度となかった。

「お疲れさま、モーさん」

掌《てのひら》を合わせ黙禱《もくとう》していた小花が、閉じていた目をゆっくりと開けた。

「がんばったもんねえ。おやつもずっと我慢してたもんねえ……もう大丈夫だよ？」

そして、正座した脇に置いたちゅーるのパックを、花束の横にそっと置く。その手付きは、眼差《まなざ》しと同じくどこまでも優しかった。

「大好きなとりささみ味、たくさん食べてねえ……」

小花は笑っていた。

その笑顔は、つい昨日見たばかりのものとなにも変わらない。

旭姫《あさひ》の誕生日を祝ってくれた、あの優しい笑み。それを今、小花《こはな》はこの世を旅立ったモーさんに向けている。

モーさんが今朝、動物病院のベッドで息を引き取ったという彼女の母親からの報《しら》せ。今日も見舞いにいく予定だった小花に、私は自然と付き添ってここまできた。

帰り道、小花の様子はいつもと大きくは変わらないように見えた。さすがに普段より口数は少なくなってはいたが、取り乱すようなこともなく振る舞っていた。

生まれたときから一緒にいた、伴侶と言っても過言ではない猫の死。それを小花がどう受け止めているのか、彼女の外見からはうかがい知ることはできない。

「――――」

涙ひとつ見せない小花の姿は、あの日の私にそっくりのような気がした。

氷点下の乾いた風が吹く、夜明けのシベリアの原野。血の海に横たわり死んでいくユキを前にしても、私はひたすら何も感じなかった。

では、今の小花もまたそうだというのだろうか。誰よりも親しかった者の死に、なんの悲しみも感じてはいないのだろうか。

いや、違う――と、今の私にはそう思えた。小花の笑顔は、あの空虚とは絶対に同じものではないと。

小花の中には、私とは違ってまともな人としての情緒が機能している。そのことは、今までの彼女を見てきて理屈ではなく感じられる。

それなのに、人としてまともなはずの小花はただ穏やかに微笑《ほほえ》んでいるだけなのだ。

モーさんが生きていたときと何も変わることのない手付きで、冷たくなった老猫の身体《からだ》をそっとなで続けている。

私はかつて、映画や小説やゲームの中で泣きじゃくる人々を見て悲しいと思ったことはなかった。その感情に共感できなかったからだ。つまり、悲しみとはなんなのかを本質的には理解してはいないといえる。

だから実際のところ、今の小花が悲しいはずだと思うのもただの知識や常識から判断した憶測でしかない。そして、小花は映画や小説やゲームの登場人物のように大声で泣いたりもしていなかった。

悲しみという記号は、依然として目に見える範囲に存在していない。

では……こみ上げるこの不快な痛みは、いったい何だというのだろうか？

その痛みはいきなり、とがった鋭いトゲのかたまりが胸に埋めこまれたかのように感じられた。心肺機能に異常は発生していないのに、循環器系が謎の不全現象を起こしている。無論、殺人ウィルスの発症による激痛とも違う。

痛みは出口を求めて、喉元《のどもと》へとせり上がりつつあった。耐えがたい不快感を、ヘドと一緒に吐き出そうとしているかのように。

身を切られるような痛み、という慣用句がそのままに当てはまった。肉体は傷ひとつ負ってはいないというのに、苦しくて苦しくてたまらない。

「ぐぅえっ——が、ふぅぅっ——」

痛みと不快感が、ついに私の中にとどめておける許容範囲を超えてしまった。

それは最初、異様なうめき声となって私の喉からほとばしった。

次いでまたたく間に、目と鼻から熱い液体の形をとって流れ出す。

「あぐっ……ふぎぃっ……」

流出する液体が呼吸を阻害する。それは、猫アレルギーの症状よりもずっと苦しい。その苦しさで頭の中がかっと熱くなり、何も考えられなくなってしまった。

突如《とつじょ》として不気味なうなり声をもらし、目鼻から制御不能の液体を垂れ流しはじめた私に、小花《こはな》が驚いたように視線を向ける。

一瞬にして、小花の表情から笑みが消えた。

「………だめだよお、アーニャ」

空白に落ちた無表情で、小花がつぶやく。その声は震えていた。

「どうしてアーニャが泣いちゃうのお……？　せっかく、我慢してたのにい……」

泣いている……？

……私は今、泣いているというのか？

「モーさんは、やっとゆっくりお休みできたんだから……だからモーさんにとっては悲しくなんかない、幸せなことなんだって……そう思って、笑ってお別れしようと思ってたんだよおっ」

私を責めるように震え声をしぼり出すと、小花の両目にみるみる涙の膜がふくれ上がりボロボロとこぼれ落ちた。

「ぐびぃっ――」

小花の涙を見た瞬間、またしても不細工な嗚咽《おえつ》が私の喉から飛び出していく。

胸を切り裂く痛みがどんどん大きくなって、止まらない。まるで、小花の泣き顔とシンクロするかのように。

小花が今感じているのも、私と同じ痛みだとするなら……

きっとこれが、悲しみという感情ということになるのだろう。

マインドコントロールによって私の深奥《しんおう》に封印されていた、精密な殺人機械として不要な感情。ユキは、いつかそれを取り戻せると最後に言った。

――猫がきっと、君の失ったものを取り戻してくれるだろう。

その言葉を思い出した瞬間、記憶が弾《はじ》けた。

シベリアの原野、凍えた夜明けに落ちてきた雪の冷たさがフラッシュバックする。

あのとき流せなかった涙《もの》が、氷山が溶け落ちるかのように私の中からあふれ出していく。

これはユキのための涙であり、モーさんのための涙であり、そして小花《こはな》のための涙だった。

大好きな友達《ねこ》との別れを受け止めるため笑顔に隠した、小花の悲しみがまるでウィルスのように私自身を侵蝕《しんしょく》したのだ。

そして彼女の悲しみは私の中にあった別の悲しみを解凍し、ひとつの大きな感情として混ざりあった。私たちは今、それを互いに共有している。

小花はもう、私の知らない世界に生きる異邦人などではない。私と同じ、悲しみに涙する一人の人間だ。

「あああああぁぁぁぁっ、アーニャぁぁぁぁっ……！」

泣きじゃくる目の前の小花に、抱きしめられた。とても強く、切なさを感じる力で。

「小花ぁぁっ……、つぐうううううう……！」

私もまた、夢中で小花を抱きしめ返した。

この悲しみに耐えるのは、ひとりではとても苦しすぎるから。身体《からだ》に伝わる彼女の体温が、私の胸をかきむしる痛みを癒《い》やしてくれた。

私はきっと、弱くなってしまったのだろう。そしてこの変化は、もはや取り消すことができ

ない不可逆のものだ。

けれどもう、私はこの脆弱性《ぜいじゃくせい》に寄りそって生きていくしかないのだとも理解した。いつかユキが願ったように、この先もずっと不器用に泣いたり笑ったりを繰り返しながら。

私の出会った猫たちが、猫を愛するすべての人々が――アンナ・グラツカヤという存在を、そういうふうに変えてしまったのだから。

エピローグ

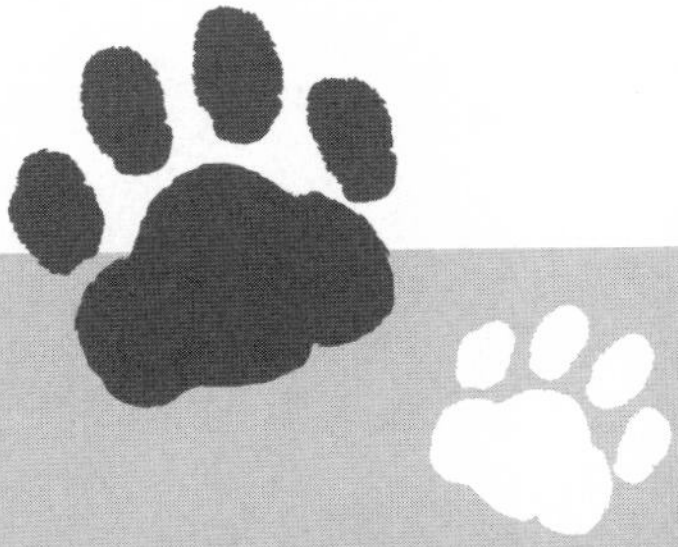

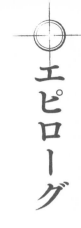

四月。

春休みがはじまって、何日目かの土曜日。

お昼前の時間になり、部屋のインターホンが鳴らされた。

『おはようございまぁす。迎えにきたよお』

「あ。小花《こはな》さん、おはようございまーす——アーニャ、もう出られる？　お弁当は持った？」

マンションの一階エントランスを来訪したのは、今日これからお花見の約束をしている小花だった。応対した旭姫《あさひ》は相変わらず母親のようなことを言いながら、ピロシキをキャリーバッグの中に収納している。

私は旭姫が準備したお花見のランチ一式を詰めた重箱とプラスチックの密閉容器を、紙袋の中に崩れないよう詰めていく。

「出かける用意はいいぞ、旭姫」

「じゃあ行くわよ。ピロシキ〜。今日は一緒にお出かけするからねー」

旭姫はキャリーバッグ内のピロシキへ、透明なビニールの小窓ごしに話しかけている。こげ茶と白のハチワレは、今日もニャーとかミャウとかいう猫の言葉でそれに答えていた。

私にはまだ、彼の言っていることの内容はわからない。

しかし、ピロシキがいったい何を要求しているのかだけは不思議と理解できることが多いのだ。猫とは、もしかすると人類を有効に使役する「言葉にならない言葉」とでもいうべき、異能の伝達能力を人知れず使っているのかもしれない。
そのとき、スマートフォンが通知を鳴らした。
玄関へ向かいながら、液晶画面をのぞきこむ。

Кошка『おはようございます、アーニャ。今日は絶好のお花見日和《びより》ですね』

《コーシカ》からの連絡。急になにを改まって……と旭姫のほうを振り返るが、彼女はずっとピロシキを相手に戯《たわむ》れておりスマートフォンは触ってもいない。

Кошка『そろそろ種明かしをするときがきたようです。私の本名は宗像夜霧《むなかたよぎり》。旭姫の母親です。ずっと私の身代わりとして娘を送りこみ、直接的なサポートを手伝わせていました』

衝撃のカミングアウト――というところだが、実のところ私は腑《ふ》に落ちたような心境だった。旭姫はたしかに利発で頭のいい少女ではあるものの、しょせんは子供。社会的に色々と無理があることは否めなかったからだ。
本物の《コーシカ》が背後にいて、旭姫はその傀儡《かいらい》だったという説明に納得する。

Кошка『そうしてきたのは、旭姫《あさひ》のたっての希望だったからです。ユキの最期を看取ったあなたに、どうしても会ってみたかったそうで』

唐突に出てきたユキの名前。

そういえば、《コーシカ》とユキの関係をまだ知らなかったことを思い出した。

Кошка『ユキ・ペトリーシェヴァは、旭姫と同じく私の実の娘です』

「なんだって……？」

今度こそ、私は心からの驚きに打たれていた。

たしかに以前、ユキの母親は日本人だと聞いてはいたが……

Кошка『アレクセイ・ペトリーシェフと別れた私は、ユキをかつての夫の元へ残して帰国したことを引きずりつつも、連絡だけは密《ひそ》かにずっと取り合っていました。そんな中、彼女から今回の脱走と亡命の計画を伝えられ、私が協力する運びになったことはご承知のとおりです』

そういうことだったのか、と《コーシカ》の手厚いバックアップの数々に納得がいく。ビジネスではない親子という深い絆《きずな》が、ユキとの間にあったのであれば。

Кошка『旭姫は、帰国後に再婚した日本人の夫との間に生まれた娘です。あの子は、ロシアに自分と血のつながりがある異父姉がいることを知り、とても会いたがっていました。けれどそれは叶《かな》わず……ならばと、ユキが命をかけて送り出したあなたの手伝いをさせてほしいと願い出てきたのです』

「ちょっとアーニャ。なにぼーっと立ち止まってるのよ。小花《こはな》さんが下で待ってるでしょ？」

後ろから旭姫に催促された。

「うむ、いこう」

私はスマートフォンを一度ポケットにしまうと、弁当の入った手提げの紙袋を手に玄関のドアを出る。

階段を下りてエントランスに向かうと、小花が笑顔で手を振っていた。

クラスメイトの梅田《うめだ》や竹里《たけさと》は花見の場所取りに先行している。小花いわく旭姫と初めて対面できる機会なので、二人とも楽しみにしているということだった。

「おはよう。アーニャ、旭姫ちゃん」

うららな陽射しに目を細めながら、小花が旭姫の持つキャリーバッグの前にかがみこむ。

「ピロシキちゃんも、おはよ」

それをよそに、私はもう一度スマートフォンを取り出しメッセージ画面を見た。

Кошка『《血に潜みし戒めの誓約》《クローフィ・クリャートヴァ》を完全に無効化するワクチン開発はまだ実現には至っていませんが、いずれは必ず。アーニャのため、そしてユキと旭姫《あさひ》の願いのためにも……また、あなたに託したミッションは実はもう一つありました。それは、猫という不思議な隣人たちと直接こころと身体《からだ》で触れ合うことで、あなたに『ただ生きていく』という生き方がこの世にあることを知ってほしかったのです。何かの役に立つ、誰かのためになる……それだけが、私たちの生の目的ではないのだということを。そのミッションの成果については、私は勝手に安心を得ています。そう思った理由は秘密にさせてもらいますが。では、いずれまた』

メッセージはそこで終わっていた。私は花見の場所である河川敷へと向かいながら、スマートフォンをポケットにしまう。

「アーニャ、歩きスマホは危ないよお?」

「さっきから、なんかずっとスマホばっかり。なに見てたのよ?」

二人が私の行動を不審がっているが、素知らぬ顔で歩いていく。

ふと、通り道にある公園の前にさしかかった。それとともに、この場所でいつか出会った帽子の中年女性のことを思い出す。

もしかしたら……いやきっと、あの女性が本物の《コーシカ》こと宗像夜霧《むなかたよぎり》だったのかもしれない。

「あ、エリからラインだ。お花見の場所とれたから早くこいってえ」

後ろを歩いていた小花《こはな》が、進み出てきて私の横に並ぶ。そして、スマートフォンに表示させた写真を見せてくる。

そこには、青空をバックに咲き誇る桜の花が写っていた。

「きれいだねえ」

「うむ《ダー》。とてもきれいだ《オーチニ・クラスイーバ》」

小花と見つめ合いながら、私は口の端が軽くほころぶのを感じた。

「アーニャのレアな笑った顔だー。ゲット～」

そんな私に向けて、旭姫がドヤ顔でシャッターを切る。

小花はそれを見て微笑《ほほえ》みながら、そっと右手を差し出してきた。

私は左手でそれを握り返す。

あたたかな風に乗った桜の花びらが、雪《ユキ》のようにふわりと舞い落ちてきた。

あとがき

にゃ～ん!!

(日本語訳：ねこです。よろしくお願いします。百合空間に浸っていた読者の前に現実のち○こをぶらさげた作者が突然現れる無粋さを緩和するべく、急遽《きゆうきよ》ねこアバターをまとってみました。ちなみにキジトラの♀です。

『ここでは猫の言葉で話せ』いかがでしたでしょうか？　いわゆる「猫小説」は以前から書いてみたかった題材なのですが、いざ自分でやるとなるとこんな感じになってしまいました。

「猫と女の子の組み合わせって最強だよな」「じゃあち○こ付いてる生き物は猫以外出さなくていいな」「銃とかナイフで闘う女の子もいいやん。『デストロ246』とか好きだったし」「じゃあステイサムの『アドレナリン』の主人公みたいな女の子にしよう。猫がいないと死ぬ（物理）みたいな」といった感じで、取りとめもなく色んな要素が雪だるま式に合体しては膨らんでいき……という次第。ただこの方式でお話を作っていくと、作者はとても楽しい代わりに、気が付くとチーズハンバーグカツカレーみたいにカロリー（要素）の化け物になりがちなのが欠点かもしれません。面白ければいい？　ごもっとも。

猫という最良の隣人（犬が「最良の友人」であるのに対して）への自分の想いは、単なる好きを超えて容易に言い表せるものではなく、執筆中は常に身をよじりたくなるようなもどかしさを感じておりました。あの奇妙で愛らしく、美しさと哀しさと高貴さと滑稽さを併せ持った、レオナルド・ダ・ヴィンチいわく「神が創造せし最高傑作」の魅力は、この一冊ではとても表現しきれてはいないなあと思っています。

さて、かくしてアーニャは猫とともに幸せへの第一歩を無事に踏み出せたわけですが、小花《こはな》や明良《あきら》や旭姫《あさひ》たちも含めた彼女らのこの先がまだまだ見たいぞという方は、編集部あてに応援のお手紙をいただけると嬉《うれ》しいです。見たいカップリングとかシチュなどもあればぜひ。

最後に、とても素敵なイラストを描いてくださった塩《しお》かずのこさん。作品を一緒に作っていただいた担当の渡部《わたべ》さん。そしてすべての読者の方々に、感謝を捧げます。ねこだけど)

昏式龍也《くにゃしきたつにゃ》

〈参考文献〉

『猫語の教科書』（筑摩書房）著者：ポール・ギャリコ　訳：灰島かり

設定資料紹介①

CHARACTER DESIGN

夏服
冬服
花と猫モチーフ
久里子明良　ミケ子
松風小花　モーさん

設定資料紹介②

古民家ねこカフェ 松ねこ亭

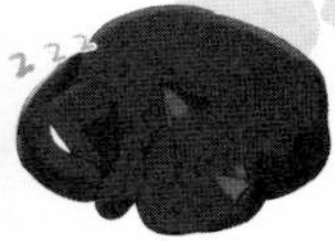

GAGAGA

ガガガ文庫

ここでは猫の言葉で話せ

昏式龍也

発行　2021年11月23日　初版第1刷発行

発行人　鳥光 裕

編集人　星野博規

編集　渡部 純

発行所　株式会社小学館
〒101-8001 東京都千代田区一ツ橋2-3-1
[編集]03-3230-9343　[販売]03-5281-3556

カバー印刷　株式会社美松堂

印刷・製本　図書印刷株式会社

Printed in Japan　ISBN978-4-09-453040-7

第17回小学館ライトノベル大賞
応募要項!!!!!!!!!!!!!!!!!!!!!!!!!!!

ゲスト審査員は武内 崇氏!!!!!!!!!!!!!!

大賞：200万円＆デビュー確約
ガガガ賞：100万円＆デビュー確約
優秀賞：50万円＆デビュー確約
審査員特別賞：50万円＆デビュー確約

第一次審査通過者全員に、評価シート＆寸評をお送りします

内容 ビジュアルが付くことを意識した、エンターテインメント小説であること。ファンタジー、ミステリー、恋愛、ＳＦなどジャンルは不問。商業的に未発表作品であること。
（同人誌や営利目的でない個人のWEB上での作品掲載は可。その場合は同人誌名またはサイト名を明記のこと）

選考 ガガガ文庫編集部＋ゲスト審査員 武内 崇

資格 プロ・アマ・年齢不問

原稿枚数 ワープロ原稿の規定書式【１枚に42字×34行、縦書きで印刷のこと】で、70～150枚。
※手書き原稿での応募は不可。

応募方法 次の3点を番号順に重ね合わせ、右上をクリップ等（※紐は不可）で綴じて送ってください。
① 作品タイトル、原稿枚数、郵便番号、住所、氏名（本名、ペンネーム使用の場合はペンネームも併記）、年齢、略歴、電話番号の順に明記した紙
② 800字以内であらすじ
③ 応募作品（必ずページ順に番号をふること）

応募先 〒101-8001 東京都千代田区一ツ橋 2-3-1
小学館　第四コミック局　ライトノベル大賞係

Webでの応募　GAGAGA WIREの小学館ライトノベル大賞ページから専用の作品投稿フォームにアクセス、必要情報を入力の上、ご応募ください。
※データ形式は、テキスト（txt）、ワード（doc、docx）のみとなります。
※Webと郵送で同一作品の応募はしないようにしてください。
※同一回の応募において、改稿版を含め同じ作品は一度しか投稿できません。よく推敲の上、アップロードください。

締め切り 2022年9月末日（当日消印有効）
※Web投稿は日付変更までにアップロード完了。

発表 2023年3月刊『ガ報』、及びガガガ文庫公式WEBサイトGAGAGAWIREにて

注意 ○応募作品は返却致しません。○選考に関するお問い合わせには応じられません。○二重投稿作品はいっさい受け付けません。○受賞作品の出版権及び映像化、コミック化、ゲーム化などの二次使用権はすべて小学館に帰属します。別途、規定の印税をお支払いいたします。○応募された方の個人情報は、本大賞以外の目的に利用することはありません。○事故防止の観点から、追跡サービス等が可能な配送方法を利用されることをおすすめします。○作品を複数応募する場合は、一作品ごとに別々の封筒に入れてご応募ください。